谣言
RUMOUR
谶语
PROPHECY
及其他
OTHERS

主编——庄涤坤　于一爽

新星出版社 NEW STAR PRESS

【目录】

Contents

庄涤坤 /

主编寄语

他们其实不反对他们所诅咒的，就像对绝大多数人所痛骂的贪污受贿当干爹嫖幼女，他们之所以诅咒这样做的人，不过是因为自己没有能力和机会做同样的事。不是吗？那些人不是在一边怒叱不正之风，一边在为孩子上学四处托关系、走后门，为升职加薪赔笑送礼吗？不是一边断言官员们没个好东西他们必然要还的，一边还怀着万一选中的侥幸备考公务员吗？有多少人在面对自身问题的时候，第一反应不是搜寻关系网里谁能办了这事？

他们也不理解他们所赞同的，那些激烈地反对或支持对某事观点的人们，有多少人知道这件事的原委？不过是一而再再而三地展示无知者无畏，一而再再而三地支持自己愿意相信的故事，而不是真相。他们或许已经知道，永远不会有真相，于是，也不再追寻什么真相了。就像陈凯歌的电影《搜索》所讲的故事那样，只知道了个开头，就不管什么前传和结尾，先骂爽了再说。或许，毕竟民众只剩下了道德审判的权力，就像你有了一把锤子，于是看什么都像钉子，捶上去！无论什么事，无论真相，先拉过来，群扑上去来一场道德批斗的狂欢，然后一哄而散。等被批斗的人吐出满嘴的血爬起来诉说事实的时候，广场已经空荡荡。谁都不想承认，那只是一场闹剧，人们从中获得了做次暴君和群体淫乱的快感。

2009年，茅于轼有两个震惊全国的观点：“我主张廉租房，廉租房应该是没有厕所的，只有公共厕所，这样的房子有钱人才不喜欢。”“经济适用房既没有效益又没有公平，我反对。”这两个观点一出现，全国暴怒，铺天盖地对茅于轼全家及八辈祖宗的热烈而过于亲昵的问候潮水一样压上来。大家开始自发地“人肉”他，搜寻与他相关的任何蛛丝马迹，最后得出结论：茅于轼受资助于地产商，他是为房地产商说话。茅于轼的言论在全民的口水投票中倒下了，并且成了一个昏了头的大笑话。

廉租房建起来了，经济适用房建起来了，不仅有华丽的厕所，并且还是一百八十平方米、三百平方米，还不止一个厕所。在这样的廉租房、经济适用房的小区里，停满了过百万的车，在名义上为解决穷人住房问题而建的小区，没辆名跑车你都不好意思进去。当然，那些感觉自己被茅于轼羞辱和损害了的穷人是看不到这些的。这下没有动静了，这下大家都满足了吧？大众赢了。

面对这样的听众，有良心和智慧的人一个接一个倒下去，乌合之众、哗众取宠的人粉墨登场，他们成了人民的英雄。他们凭着铁硬的心、对公众的嘲弄和略高于中等水准的智力，哄骗人民，玩弄人民，出卖人民，赚取对他们脑残的狂热追捧。这些人所说的每句话多么符合最广大人民群众的想象啊，他们的想象力恰好到此为止。

在这个不是用头脑，而是用猪油蒙了的心，不是用智慧，而是用选择性的狂躁的情感对话的世界，哪里有沉下心来认认真真听别人说话，不只相信一面之词的听众？

对话的另一方是怎样的呢？发言者如果不是更无知，就是蓄意的骗子。

他们其实没法预料自己会说出什么来。当一个人站在光环下讲话，当他发现自己一呼百应的时候，就很难说出符合理智和逻辑的句子，而是小心翼翼地猜测着自己的拥趸们喜欢听什么，小心伺候着他们的心意，生怕触怒了他们，让他们失望，从而失去了粉丝。渐渐地，他的智商贱贱地低到尘埃里去了。几个典型词的定性，就是一场盛宴，无论召集这狂欢的主人的目的有多么的不可告人。没有人站出来问几句：你所谴责的那些，你是否触犯了？你所宣扬的那些，你是否做到了？你在咒骂别人专制的时候，是否容得下别人说个“不”字？你在怒斥别人以权谋色的时候，是否只不过是想利用盛名拐骗几个文艺女青年？有几个人是真的反对，有多少人只是为了反对而反对？

他们根本不在乎、不理解自己说的是什么。重要的不是说什么，也不是维护了谁的利益，而是和谁站在一边，作了什么姿态。就像一场走秀，名模身上穿了哪家衣服，甚至穿不穿，都不重要，重要的是自信满满地秀出来，相信自己一呼百应众人仰慕，相信自己说出来的都会被称为“正义”。更多时候，在这样的姿态下，他们不再为没有发言权甚至没有鼓掌权的人民说话，不过是对真正流淌在底层的百姓的渴望换个姿势强奸一次，重要的是 pose 要好看。

在这个过程中，针砭时弊是必须的，摆出不合作的反对派面目也是卖萌求怜之道，若是相关部门来做做工作之类，简直是帮了大忙，自己立刻红透半边天，成了为民请命的青天。而相关部门对于好色淫逸的无知青年也乐意出手帮这样的忙，塑造一两个乖乖听话的偶像出来，一是作为泄洪口，再者也全方位有自己人作了代表。中国历朝历代都有人精于此道。明朝开国皇帝朱元璋，更为知识分子拓宽了这样一条成名捷径——廷杖。凡是被皇帝当庭打了屁股的，回头下了朝堂立刻成了知识分子首领，万人敬仰，名利双收。难怪万历皇帝把文人这么做称为“讪君卖直”。很多时候，大陆言论自由的边界是层窗户纸，是层纸枷锁，真相简单易懂，成年人都知道，本无需多说，但偏有人在窗纸另一边长袖善舞，每每看到就要触到了，却又灵巧闪开。这鬼斧神工的技艺显然不是与两三个女文青男女双修就能练就的。到了这种境界，无论他们捎带卖点什么，总不至于蚀了本，就算东西不好，也可以推给相关部门，说被限制得无法施展。

好好说句人话就不可能了吗？

其实这原本很简单，简单得像这世界原本处处是路，只要你别故意踏着别人的脚印去走。有这样一个故事：大象得了举重冠军，名闻天下，狗熊来请教，大象悉心指导了它。后来鹦鹉来请教唱歌，大象根据自己的理解和它说了说；猫来请教爬树，大象也讲得有条有理；鲸鱼来请教游泳，大象也说得头头是道。子曰“知之为知之”，每个人只说自己知道的，只说切身体会到的，只讲自己的故事，在这个过程中不觊觎上帝的光辉，不代表别人，不引领任何人，老老实实承认自己是条狗，没准就吐出象牙来。

中国经济高速发展几十年，却鲜有伟大的文艺作品与之相匹配。一提到艺术创作与思想言论，人人一副骨鲠在喉、苦大仇深的模样，答案总是现成的：体制问题，已使常识不能公之于众。没有人反思，我们的说话人和听众，为什么一样没有逻辑性的思考、全面的衡量、平和的心态？为什么中华民族的精神还存活于“搞运动”的语境里？谁能为没权力鼓掌的人平心静气地说句话，而不是呐喊、怒吼？

李 阳 /

打造“民国”与制造“国民”

天色被越来越浓重的黑暗所吞噬，整个下午都是阴天，看不见阳光。当火车缓慢地驶进南京下关车站时，已经是下午五时三十分。早已在车站恭候多时的代表、军官、新闻记者，本地人、外国人，都将目光聚集到从车门缓步而下的那位身披水獭领大氅、身形清癯，却精神高亢的中年绅士身上，也许他们都指望这位神采奕奕的衣冠楚楚之士，可以给这个晦暗的黄昏带来一些光亮。

狮子山上开始此起彼伏地响起枪声，这是堡垒中的士兵在鸣枪致礼。刚刚下车的那位绅士在向迎候在车站的人们简单致意以后，又重新登上火车，火车转轨到从下关到总督衙门的专线上。足有一万名士兵在铁轨边排成一线，目不斜视地注视着缓缓滑过的火车向着暮色中那幢巨大而古老的建筑物驶去。这座临时装葺一新的建筑令人想起几个月前城中的那场战乱，烧焦的痕迹被小心地掩盖住了。

当火车停在总督衙门前面的时候，是六时十五分，天色已经完全漆黑了，清寒的天气阴霾密布，开始零星飘起几星细雨来。当车上的那位绅士缓慢而安静地步下火车时，一辆精致的西洋马车早已等候在火车旁，追随在马车后的哨兵开始吹起喇叭，声音如此嘹亮，似乎在提醒人们这位被层层保镖和护卫包围着的、即将登上马车的绅士，是何等重要的人物。

其时是1912年1月1日。而对大多数中国人来说，这一年是辛亥年冬月十三日。正在上马车的人即是孙中山，时年四十五岁，或者按中国的算法是四十六岁。这个双重的日期计算方法在不久以后将会强制推广至全国——就在孙文到达南京的前四天，这位以离全票只差一票的结果当选的新任总统，尽管是临时的，却已然动用自己的权力，力排众议，说服各省代表通过了使用西洋历法的决定。孙文选择在这个日子到达南京正式履任临时大总统，可以视为对这个新的计时标准的践行，这一举动无论从哪个角度来看，都意味深长：已经习惯了农历计时方式的数千年的古国，将会在这一天，随着一个被认为是与以往完全不同的新政权的建立，进入一个新的时间历程；或者更精确地来说，是进入一个以西洋时间为标准的世界时间的历程。这一点，至少对于孙中山和其身边拥护这一计时法的人来说，是毫无疑问的。

不仅仅在时间上，孙文的整个总统就职仪式都可谓“空前”，每一个细节都蕴涵着丰富的隐喻。当火车和换乘的西洋马车缓缓驶向目的地时，这个习惯了轿子和遮着布篷子的传统中式马车的国家难道没有感到一些惊奇？而坐在这辆西洋马车上的人，这个即将成为这个新建立的国家的领袖，这个自命要驱除鞑虏、恢复汉人统治的人，却既没有穿着古代汉人的服装，也没有将头发小心地盘成发髻，甚至没有带上传统的汉式方巾，他光着头进入马车，周围的人可以清楚地看到他新式的西洋发型：短至齐耳的头发，偏分一侧，修剪得整整齐齐。

当身着窄袖短衣的西洋套装的孙文从马车上下来，在后花厅休息片刻，来到即将举行就职典礼的总统府时，一群身着双排扣礼服、头戴高帽的各省代表已经恭立于此了。这时是晚上八点钟，灿烂的灯光在总统府的外面亮了起来，五颜六色的西洋彩灯中，还别有意味地点缀着数盏中式宫灯，将这个几乎完全西洋式的大厦映得通明，同时也让革命卫士肩上扛着的新式长枪熠熠生辉。

1912 年那天，在南京围绕着孙文就职仪式的一切都弥漫着一种耐人寻味的气氛，这包括他所选定的日期和时间，他所搭乘的交通工具，他所谒见的各色人员，那些大街小巷挂满的旗帜和灯笼，那些塞满大街小巷的安静地注视着这位即将成为他们领袖的民众，以及原来是清朝两江总督衙门、而现在被装点得西洋味道十足的总统府……这些无疑都需要一双有经验的眼睛进行精细而纯熟的分析，透过这些繁文缛节去蠡测其背后所蕴藏的深厚的象征意味。

毫无疑问，这是一幅充满了细节和隐喻的长卷。孙文就职典礼乃是一场特殊的仪式，其用意乃在于彰显孙文和他的追随者要与传统中国，或用这些革命者的话来说——“满清帝制中国”——割断一切联系，建立一个可以与当时被认为是文明先导的西洋欧美各国平起平坐的共和中国。

孙文的整个就职典礼，乃是对西洋政治仪式的一种精细的模仿。从他和他的随从所穿的西洋服装，到就职典礼的场所——那幢西洋式的建筑物，包括孙文在就职仪式时所高举的右臂，都不由得不让人想起美国《独立宣言》发表时的场景。而孙文决心使用西洋历法，更是明白地向这一仪式的参与者和观看者宣示：中国将摆脱掉过往自我隔离的时间状态，迈入与世界共同进步的新的时间纪元。孙文的勃勃雄心，在这一就职仪式中昭然明示。

接下来，则是辛亥革命中的两场大异其趣的典礼。其一是武昌起义后，黎元洪就任共和都督的仪式。在仪式上，黎元洪在教练场上高筑土坛，向天、地和汉族始祖黄帝敬献牺牲，所采用的历法乃是以传说中的汉族初祖黄帝为起始的黄帝纪元。黎氏在仪式中焚香祝祷，跪拜宣誓，无论从哪个角度来讲，这个仪式都应当被视为传统中国政治仪式中的一个典型代表，只不过，它宣示的乃是一种新近的、在古代中国从未存在过的政治理念：共和民国。当黎元洪向黄帝跪拜祷祝、牺牲酬奠之时，他所复苏的，乃是一个明末清初以降的古老梦想：将满洲鞑虏赶出中国，使汉族统治恢复，也即所谓的“光复”。

其二则是袁世凯就任民国正式大总统的典礼。这幅图景在表面上看来表达了一种折中的理念：南京临时政府代表、袁世凯北洋亲贵、清朝代表和各国公使汇聚一堂；其着装也五花八门，从长袍马褂到高领窄袖应有尽有。这似乎象征着一种包容与融合，但实际如此吗？其背后所隐藏的真相远比我们所看到的要丰富得多：这场仪式乃是各方权力互相妥协的结果，在以排满为名的革命结束以后，新生的共和国迅速升起了五色旗，将五族共和作为其新兴的政治理念，故而早先黎元洪带有排满兴汉意味的仪式已然落入俗套，而袁世凯作为原清朝官吏，其经历乃受典型中国传统之熏陶，自然不可能与教育成长几尽在西洋的孙文旨趣相同，更不会完全唯西洋马首是瞻。易而言之，袁氏所进行的典礼，其最终目的乃是宣示其对整个共和国进行统治的权力。从其典礼的安排来看，南京临时政府代表递交玺印和清朝代表呈受文牒，其用意都是在众目睽睽之下，彰显权力是如何移交到这位新任的总统手中的。袁氏的总统就职典礼，究其本质而言，乃是一场展示权力的活剧。

诸种仪式，皆为展示自己。然布置场景、组织演员、登台献映，其目的，无非是博得观众欢心。仪式亦可视为一种表演，而参与仪式之人，大可当作演员，其目的，亦不外是引发观众种种想往，赢得认同。而观众究为何人？即是民众。那么这些煞费苦心、穷尽心智冀望能彰显各政治力量欲望的政治仪典，究竟赢得了多少观众呢？

革命者在荒芜的大街上孤独地舞蹈。孙文意欲彰显其使中国追随世界文明先驱步伐的就职典礼，赢得的是沉寂和冷漠，民众除却抱着充当看客瞧热闹的心态，对此几乎报以冷面。一位在场的西洋观察家如是记述："整场就职典礼全是军方当局搞的，南京的民众，就像我先前提到的，对新近的革命政府都提不起任何精神，若即若离，没什么兴趣。"疑问也由之而来，在革命者心中本应大受鼓舞积极参加革命的民众，都到哪里去了呢？他们对这场突如其来的变局观感如何？又有什么法子才能使这些人加入其中呢？

民众对整个革命的认识，除却亲身参与的残酷战乱，就是识字阶层从报纸上闻得的一二消息，更多的则是通过口耳相传的方式得知此一消息。在这些人看来，孙文及其革命追随者煞费苦心的革命仪式，与过去的庙会区别并不甚大，而且这场仪式由于在深夜举行，还吵扰了他们的正常休息。辛亥革命实际上乃是一件精英事务，这些精英心怀改造民众的希望，试图将自己认为良好的愿望和计划加于民众头上，而民众却我行我素，报以冷漠，丝毫不感激革命者所汲汲皇皇一股脑塞给他们的好处。

在万般无奈的状况之下，革命者为了使自己的愿望得以达成，不得不祭起强制暴力之法宝，迫使民众参与革命之中。最为典型的乃是剪辫，其中利诱、劝导、强压、反抗，比比皆是。《申报》的新闻如是记述："闸北地方自治公所前日起设立义务剪辫团，并派团员在马路上劝人剪辫。该所董事因恐无知愚民或有误会冲突情事，故特函知各警局区长及游击队曾管带，请派巡警军士协同劝导，务使一律剪除，以雪汉人耻辱。”“昨有徐志棠君，发起在公共公廨前畅园茶馆内设一剪发义务会，凡有自愿入会剪辫者，分文不取，且赠大肉面一碗以助兴趣。……”“制造局警务处巡员吴荣实，近率巡士在各街道迫人剪辫，时有争闹情事，刻经李总理闻悉，立即传谕该巡员平和劝导，无庸强迫。”

这仅仅是上海一隅所发生的事情，而在革命党势力所占据的各地，暴力剪辫的事情频繁发生，民众为了保护头发而与手持剪刀的革命党争闹不休，甚至发生街头巷战。在镇江，受害者护着他刚被剪过的头发对士兵破口大骂；在湖口，一名高姓乡绅被强行剪辫后，到县衙要县令拘捕剪辫的四名士兵，并请重责这些暴徒四百大板。

革命者的所作所为很明显令民众反感，但是令人惊奇的是，这种种过激行为似乎并没有引起大规模的反抗运动。所有的这些暴力行为只是个体间的暴力行为，而非一种政治强压下的大规模迫害行动。在整个强制剪辫的过程中并没有出现超出强制剪辫的过激行动，几乎没有人因为留辫而被杀。而且革命者在宣传上占得高地，其不断地将辫子宣传为汉人耻辱与国耻的方式令那些反驳者哑口无言，至少在道义上获得了对民众头发开刀的权力。尽管采用了强硬的手段，但是却令人不得不信服，引颈就范。

而强制手段仅能维系一时，不能垂之久远，可以收得一时的功效，不能长久保持不变。“剪辫、易服、革命”这条标语，在辛亥革命期间贴满了独立省份的大街小巷，为当时的民众耳熟能详。当孙文和他的追随者改换外貌装束时，他们确信自己为新生共和国未来的国民作好了榜样。虽然雄心勃勃的革命者通过政治仪式的展现和暴力强制的手段试图对民众进行改造，但是所获得的除了冷漠就是反抗。问题在于，为何必须加以改造？又以何种方式加以改造更能为民众所接受？

革命者通过服装和个人外表来彰显其政治理念，故而命令国人剪去辫子即是新政府的首要之举。前文已言，革命者通过文宣鼓噪的方式，将辫子刻画为落后和压迫的象征，以及一种野蛮的陋俗。在此以外，旧式的长袍马褂等等清代衣装也被孙文等革命者看作旧清帝制的遗存，从而必须加以革除。自然，在革命者大刀阔斧地革除一项陋俗以后，必须树立起一种新的风尚才能填补这项空白，“易服”也就成了当务之急。

孙文及其追随者在南京总统就职典礼上所着的衣装恰好回应了这一问题。对于崇尚西洋之风的革命者来说，将国人的外表完全西化，从而在视觉上进行一场革命乃是最为自然不过的事情。但是衣装的改革远比剪去辫子更为困难。沈氏指出，剪辫所需要的只是一腔热情、一股蛮劲再加上一把剪刀即可，而改换衣装则涉及与生产这些衣装息息相关的各行各业的经济利益，甚至还牵涉国权问题：中式衣装的生产者和销售商们利用革命者的国族主义情感和反帝国主义的情绪，将长袍马褂阐释成“国服”，说其是对抗西洋资本侵入的尖兵利器，如果强行改易西洋服装，其最终结果必然是招致民族产业在西洋帝国主义咄咄逼人的打压下一蹶不振，而随之而来的即是国权的丧失。

最后妥协的结果是 1912 年 10 月袁世凯所发布的制服案，规定长袍马褂和西式衣装同时列为国家正式礼服。一向支持国货运动的伍廷芳则利用其外交总长的身份设计了一套专为外交人员向国外展示中国面貌的礼服，其样貌乃是混合了西洋的裤子和皮鞋以及长袍马褂。

恰如中国俗语所言：画虎画皮难画骨。外表装束的改变不过是皮相而已，还需要做的乃是规训其行为，使其一举一动皆符合革命者心中之完美共和国民的造像。中国人的日常行止皆有其准则，在传统中国，此行为准则即是所谓“礼法”。这种礼法发端于家族秩序，放大至整个国家，座分宾主、跪拜作揖，皆须尊礼而行，不得僭越分毫。对于革命者而言，这种旧式礼仪本身就是一种束缚，在此种礼法之下，每个人被固定在自己所处的身份和社会地位之中，人变成了一种缺乏个性的怪物，“奴隶之性日深一日”，这与相信西洋平等、博爱理念的革命者势必不相容。而对革命者而言，有必要寻找到一种能反映出平等革命理念的新式礼仪用以规训民众的行为。简而言之，乃是挣脱这种束缚，用国家的力量压制家族的力量，将民众的身体由家族礼法的控制转为国家管控，由此重新塑造共和国民的身体。

军国民身体的形塑，即将整个国家作为一个庞大的军营，以军队管制来拆解传统中国的家族权威，强制将民众从家族中剥离出来，成为一个个个人，再由国家进行重新塑造。在1912年6月，由教育部颁发的初等小学课本《共和国教科书》中，其所描绘的所有儿童一律身着军服，作为即将成长的新的一代共和国民，他们将在国家的大军营中，打造出适合共和中国的国民的身体。

吴洪森 / 逃避死亡与中国人的动物化生存

死亡是人的有限与无能的终极象征。我们在日常生活中所持的不同价值观念，最终都可以在对待死亡的不同态度上找到它们的根源。

我们如压抑对死亡的清醒意识，人为地割断日常生活中的一切与这终极目标的联系，我们就只能陷入自欺欺人的逃避行为中，并竭力抓取眼前那些可以证明自我存在、显示我尚有生命力的东西。

对死亡的虚幻式逃避，也就是放弃了追求精神、超越死亡的努力。我们所抓取的东西也将同我们的身体一样，被闭锁在时间的铁链之中，经不起死亡的检验。

使人永恒的唯一途径就是精神。唯有在精神中我们才能够或多或少地实现对死亡的超越。因而放弃了对永恒的追求就会使人的精神窒息。当人的生命力整个地被耗费在维持肉体的存在时，他的生命就不能不被“物”分割得支离破碎。他一方面为这种分割痛苦烦恼，另一方面又心甘情愿地陷身于这种分割。因为在他将生命与身外之物的认同过程中，他已与物同一化了，他已内在地将物的尺度作为衡量自己生命价值的尺度。因此，回避“死是生命的最终结局”，也就是取消了生命的真实性。逃避死亡的生存假象，终将在死亡降临时暴露无遗。当他看到他据有的或曾据有的一切同他一样有限，随着他的告终一起烟消云散或有的已先他而去，就不能不发出人生如梦的感叹。因此，压抑对死亡的意识也就是使人生虚无化。

然而，人作为精神的生物，对永恒的渴望毕竟是不能彻底磨灭的。逃避死亡意识的人转过身来又面对着人生虚无的恐惧时，他就自然会采取最通常也最简便的方法来替代对永恒的渴求：生儿育女。

马尔萨斯曾通过人口按几何级数增长、生活资料按算术级数增长的对比分析，得出人类无法避免战争的结论。但历史却显示出与他的分析相反的形态：每一场涉及全民的战乱或灾害过后，人口总是出现一个疯狂增长的时期。这原因就在于人被死亡的可怖景象吓坏了，对死亡的极度恐惧使人拒绝意识到死亡及与死亡有关的一切。这种逃避心理会强烈地刺激人的生殖本能。如果这个观点站得住脚的话，中国这样一个天灾人祸不断的国家，却又是世界第一人口大国的矛盾现象就得到了解释。

也许有人会以过去缺少避孕技术与知识来为多子女现象辩护。这难不住我，我要反问：一个民族的生殖功能在该民族的文化中被充分肯定时，难道还会有控制生育的需求吗？把人口众多归之于避孕方面的无知还散布了这样一种假象：似乎人类直到 20 世纪才懂得如何避孕。这显然不合历史常识，据专家的研究，在不少原始民族中，人们就已经掌握了避孕的手段。

中国是一个死亡禁忌特别多的国家。我们生活中的许多风俗习惯都是为了避免对死亡的意识。孝敬鬼神的目的也是希望他们保佑或至少不打扰我们的现世生活。佛教对民间最广泛的影响是轮回观念，一个轮回又回到现世之中。以前每当我从外国小说或电影中看到以亲吻作为向死者告别的仪式时，心里就特别不自在。

现在我明白了：我们的文化中对死亡的高度禁忌已侵入到我的潜意识深处。

将繁衍作为通往永恒的方式充其量不过是一个延续到身后的骗局。肉体的延伸替代不了人超越死亡、将生命转化为精神性存在的冲动，只能说肉体的延伸将对永恒的渴望交付给了身后。

我们看到：重视肉体的延伸，与以身外之物来标志自己生命力的生存哲学，是完全一脉相承的。用物的尺度作为衡量生命力的标准，也意味着一个人把他的身体与生命力直接等同起来。人的身体中最能证明生命力的就是食与性。前者我们称之为“口福”。口福者，含意有二：一是指吃得下；二是指有吃的机遇。前者需要有一个饕餮之徒的好胃口。为了获得或刺激起这样的好胃口，孔子早就说过要“食不厌精”。西方人每每惊诧于中国菜肴之丰富、制作之精细，他们不明白食文化在中国特别发达的原因就在于我们是把“食”当作生命的目的和直接象征看待的。西方人只是把“食”当作维持生命力的手段，类同汽车加油，他们当然就没有这样的口福。这种差别在日常小事中也反映出来。我们见到熟人的招呼语是：吃过了吗？言下之意是，你活过了吗？医生打发无药可救的病人回家时，总是对他的亲属说：“想吃啥就让他吃点啥。”真是绝妙地展示出把“食”等同于生命目的的文化心态。

毋庸多言，我们几乎是以同看待口福一样的心态去看待性的，即所谓“艳福”。当性仅被归结为胃口与机遇时，人就彻底地物质化了。故而我们历来极为看重肉体。当肉体大于精神时，人还有什么价值可言呢？出现这样的现象也不必奇怪了：我们一面重视对肉体的道德审判，另一面眷恋着色情。这种色情在道德的压力下就普遍表现为对他人私生活兴趣浓厚的窥探意识上。这种下流的窥探意识以道德警察的面貌出现，任何人的轶闻趣事一经这种关注都变成了越轨的肉体操练。

难怪我们的文学作品拿不出具有强大的美感召唤力、使人明净纯化的性爱小说。要么是色情或变态性心理的发泄，如《金瓶梅》及茅盾、郁达夫的部分小说中的性欲内容；要么是无性的爱，如《红楼梦》中的宝黛之爱及张洁《爱是不能忘记的》中的爱情。中国作家适合于在性的边缘写爱情。一旦在文学上把男女两个肉体结合在一起，就免不了脏兮兮的，给人一种恶浊感。常说成功的文学作品是潜意识的显露，如果文学作品中都难以出现健康的性心理，你还能指望这种心理何日在社会上扎根吗？

性成为肉体生命力的证明时，它就成为逃避死亡恐惧的方式。只要有性力，就可以借助这性力将死亡恐惧有效地排除出意识领域。这时性只不过成为一面映照生命力的镜子，性的对象也成了工具。这是压抑死亡意识、以拥有生命为目的为满足的价值观的必然结局。而如果把他人作为证明自己生命力的工具，久而久之会养成一种心态、一种文化。这种心态与文化会习惯于从对己有用无用的角度看待他人，而所谓有用无用的准则又是以肉或物的坐标来衡量的。我们在抓取身边的一切作为生命的证明时，他人已被我们充分物化。这种处世态度不可避免地使我们这个民族在重人情（因为有用）的背后极度的冷漠（因为无用）。

只有不以拥有生命力为满足，向往未来、渴望永恒的人，性的生理压力才会成为他们提高自我、升华自我的驱动力。肉体活动的价值就取决于能否体验一种崭新的精神境界。这意味着双方在结合过程中的共同创造。在性活动中追求或沉浸于精神境界的体验，也就是肉身成道。只有这样，性才能真正培养、滋润、发展我们的爱心。

与逃避死亡、压抑死亡意识相反的人生态度是勇于面对死亡。

勇于面对死亡不仅仅是指死亡降临的瞬时状态，作为一种生存哲学、一种处世态度，它主要是指将“人将不可避免地走向死亡”这一意识贯穿于他整个生命运动之中。将“人都是要死的”作为知识来把握，与在深层意识中渗透着这样的了悟是完全不同的两码事。前者连小孩也做得到，并且掌握了这种知识丝毫不会使日常生活受到影响。后者却不同，一旦“人都是要死的”这一黑色标语悬挂在内心深处，它会使人的生活方式、处世态度、价值观念，乃至整个身心都发生巨大变化。

只有对死亡有了真正清醒的意识，对死亡的恐惧才会消除。因为清醒的死亡意识已告诉了你，无论你对死亡恐惧还是不恐惧，这都是毫无意义的，它是人类不可把握、不可逃避的。

在死亡面前，生命只不过是时间之笼中的囚徒。生命只有挣脱时间这无情的囚笼才能获得解放。解放生命的唯一途径就是迈向时间所无能为力的领域——精神。精神是永恒的所在。因而死亡意识的另一面就是永恒意识、对精神价值的意识。

超越死亡的渴望使我们逐渐养成一种习惯：将生活中的一切放到死亡面前去检验去曝光。那些经不起死亡检验的，无论旁人看得多么珍贵，我们都将拂之而去。当一个人自觉地将他的思维、行动、欲求放到死亡面前去检验，以此为取舍标准，他的生命就真正属于他自己，他就真正获得了独立性以及不可动摇的自我确认能力。可以说，只有那些将生命用于超越死亡的努力之中的人，才真正算是活过的人、拥有过生命的人。

人只有对死亡有了意识或体验之后才能真正拥有自己的生命，这一真理在原始神话中就以象征的方法告诉了我们，凤凰燃火自焚、死后复生的故事就是一例，古埃及、古希腊的神话中都有类似的故事，基督的复活更是家喻户晓的。

人的真正自信是一种绝对自信，即无须与他人比较竞争而产生的自信。这种自信就源于他清楚地看到，他能够或已经以他的方式超越了死亡，解放了生命。当巴尔扎克为司汤达受时代的冷遇鸣不平时，司汤达在给他的信中却说：一百年之后有谁还会记得现在的部长、首相们呢？我的《红与黑》人们是不会忘记的。曹雪芹对“空”的顿悟也就是对永恒的认识。可以说任何一个伟大艺术家的产生都是出于对永恒的渴望，超越死亡是推动艺术创造最为根本也最为强大的动力。艺术不仅使创造者永恒，它使欣赏者在欣赏过程中，精神脱离了肉体，也进入了永恒状态。

不仅艺术，任何创造活动的动力可以说都发自于对永恒的追求与渴望。获得永恒也就是在人类的精神与文化中打上了个人的印记。因而创造与个性是两位一体的。只有在这两者的结合中，人才真正地握住了真我。只有创造才使我们得以突破个体生命的有限与无能，将个人的生命转化为人类的价值。

也许有人会说这是天才的境界，总不见得要求生活中人人都达到这种境界。我当然不会愚蠢到这种地步。但是一个民族有没有清醒的死亡意识，有没有向往未来与永恒的冲动，精神气质将大不一样。而民族的精神气质就是滋养天才的土壤，精神气质差，天才就难以出现。中国的版图差不多同欧洲一样大，我们敢说我们对人类的贡献同欧洲一样吗？不要说同整个欧洲比，就是其中的一个民族——犹太人，他们中的天才也不知比我们多出几倍。前面说过，真正的自信源于永恒性的获得，因此天才永远是民族的骄傲，他是该民族占据永恒位置的象征。我们在西方世界面前的自卑感，物质的贫困是外在形式，真正不可救药的自卑就在于我们没有贡献出足以使我们自信与骄傲的成批天才，从而在人类的精神世界中只占据着与人口版图极不相称的可怜可悲的地位。

人口众多，创造力贫弱，逃避死亡——这三者之间不是有着内在的联系吗？

冯友兰曾说过中国哲学是一种早熟的智慧，是一种老年人的哲学。我认为这是冯友兰最深刻的一句话。逃避对死亡的意识正是一个人垂暮之年的心态，明知死期将至，由于怕死，就竭力回避任何有可能联想到死的东西。老人不愿也不能对死亡有清醒意识，因为即使面对死亡，他也已无能为力，造化已不再给他精力与时间去超越死亡。

正是出于对死亡的逃避心态，宗教在中国就无立足之地，因为宗教是生与死的联结点，它通过仪式象征性地向教徒提醒着死亡，以引导人们对永恒世界的向往。中国人由于拒绝死亡的提醒，当然就对宗教没有兴趣，始终没出现过精神寄托场所——教堂之类的建筑。由此我想到西方人之重精神必定在很大程度上受惠于教堂。那钟声，那定期的弥撒，那教堂中的特有氛围，天长日久，势必在无意识中对人的灵魂发生影响。

一个民族不回避死亡，对人类的永恒有所认识，该民族就有了从精神上衡量事物的眼光。如果没有这种素质，不要说没有识别天才的眼光，连知识分子他们也会极为痛恨。因为知识分子显示了一种精神价值，这种价值的显示就会暴露出他们那种逃避死亡的生存哲学的虚幻，衬托出他们生命的苍白。他们不愿被否定，就以否定任何与永恒有联系的事物来维持自己的文化心态。在知识分子都难以立足的背景下，你还能指望有许多天才产生吗！

叶匡政 /

微博的谣言与谶语

2012年2月份以后，微博中无法证实的传言似乎增多了。有的被证明确实是谣言，也有的被其后官方公布的真相所证实。在自媒体时代，如何认知谣言与真相的关系，显然值得每个人思考。

儒家很早就注意到言论传播的力量，《论语》说“一言而兴邦”“一言而丧邦”，就有这种含义。儒家一直强调言行之仁，希望君子通过个人修身，达到言论的真实。所以《论语》中孔子说“多闻阙疑，慎言其余”，并说“道听而途说，德之弃也”，认为传播道听途说之言的行为，是不道德的。不过，古代谣言还有一种形式，称为谶言或谶语，这类谶语多为隐语，人们认为可“预决凶吉”。包括《易经》的卜筮之语，吉凶也在于如何解释，人们并不认为这类对隐语的解释就是谣言。

翻开史书，历朝历代这类谶言特别多，多通过儿童之口传唱。比如秦始皇时，有仙书和童谣均传“亡秦者胡也”，始皇于是发兵三十万抵御胡人，并修长城。哪知最终秦王朝并未亡于胡人，而是亡在秦二世胡亥手中，一语成谶。应当说，每逢暴政或政局混乱的朝代末年，都是这类谣言和谶语大兴之时。人们耳熟能详的，比如秦末的“大楚兴，陈胜王”、西汉末年的“代汉者当涂高”、董卓专权时的“千里草，何青青，十日卜，不得生”、东汉末年的“苍天已死，黄天当立，岁在甲子，天下大吉”、元末的“莫道石人一只眼，挑动黄河天下反”，都属于这类谶语。秦始皇颁有最严酷的对谣言的禁令，秦法有“诽谤者族，偶语者弃市”的规定，即便如此，短短的秦朝却成为各类谣言传播最多的时代。

不过，在西方传播学中，并不把谣言看得那么可怕。有美国学者认为，谣言不过是民众在讨论过程中创作的即兴新闻，传播的往往是对事件未经证实的描述或解释。它并非反常之举，而是一些模糊而关键的社会情境中的正常社会反映。它往往携带着民众的集体智慧，目的只是为事件寻找出一个令人信服的真相。谣言源起于人们对事件真相的未知，如权威机构没有公布事件的真实信息，或公布的信息难以获得民众的信任，往往会导致谣言出现和传播。所以换一个角度看，谣言也是一种新闻或传播方式，它表达了民众对未知真相的一种猜测或推理，这种方式可以化解民众对信息不明的焦虑和恐慌。

谣言与真相有一定的辩证关系。谣言的盛行，往往表明真相的匮缺、信息沟通渠道的不畅，或人们探知真相的成本过高。谣言未必意味着完全的虚假或毁谤，它更多的情况只是未经证实而已。所以，人们常根据消息提供者的可信度，来判断一个传言的真实性。在一种信息和新闻常被严格管制的社会秩序中，谣言周期性的诞生，会成为人们日常行为的一部分。一旦民众获知真相的渠道多了、成本低了，谣言就难以存身。从这个角度说，微博等自媒体的出现，反而有遏制谣言传播和扩散的可能。因为这类自媒体使得每一个身处现场的民众，都有可能成为事件的直接报道者，即便有人散布了虚假信息，也会很快被来自现场的一手信息纠正。

微博的开放性，使身处微博的民众，对信息有了强大的纠偏能力。一个信息在经过千百次的转发与评论后，事件的真相往往变得越来越清晰，评论和分析也会趋于平和与理性。一条信息原本并不充分的微博，在附加上各种评论和信息补充之后，也更接近事件的真相。所以，一条热点微博所提供的并不只是一百四十字的孤单信息，而是一个由民众集体智慧构成的信息群。这种经过群体讨论和补充后的信息群，显然要比某个个人或机构提供的信息更为可信。可以说，正是微博这种多元开放的言论环境，使民众实现了对信息的共同发现和参与。在这样的言论环境中，真相反而更容易找到自己的位置，谣言却无法长期存在下去。

在辟谣过程中，只取信官方说法，显然是存在问题的。稍有政治常识的人都知道，一些地方政府或利益集团在涉及自身利益的事件上，常会成为真相的主动掩盖者。对这些所谓的官方信息的质疑，原本就是探索真相的一部分。大陆的主流媒体，由于负有引导舆论的责任，也会对重大公共事件进行有选择的报道，报道的尺度和标准掌握在媒体主管者手中，并不顾及是否伤害到民众的知情权。正是民众对官方和主流媒体话语的不信任，成为谣言滋生蔓延的土壤。原铁道部新闻发言人王勇平的那句名言“至于你信不信，我反正信了”，可以说道出了很多民众面对谣言的一种心态。

很多被指责为“谣言”的信息，大多是民众对事件疑点发出的合理质疑。这种质疑，是人们寻找真相必经的一步。任何对真相的理性探寻，必须确保民众有质疑的权利和自由，只有排除了一切合理的怀疑因素，我们获知的真相才能具有权威性。没有经过充分质疑的真相，也很难做到真正取信于民。所以，西方早有学者指出，即便在言论自由、法律完善的社会中，也不可能使谣言完全消失，因为谣言的消失违背了人们发现真相的原理。对真相最大的遮蔽，往往不是流行了什么谣言，而在于相关的权力部门或利益集团对民众探寻真相的管控。

应当说，对任何重大的公共事件作出自己的判断，发表自己的看法，是每一个公民应尽的责任。虽然这种判断和看法，可能出自不同公民的不同价值立场，但在一个多元时代，这种多元性本来就是一个社会的客观存在。真正让人恐怖的倒是，对一个事件只允许有一种判断一个看法，这种思维只会导致对信息和言论的强权管制，使得社会和民众离真相越来越远。同样，一个置身于微博的个人并没有必要等到事件完全告一段落时，再发表自己的观点。只要对真相保持足够的敬畏，对谣言保持必要的警惕，对来自他人的质疑有着不断的反思，就可能在微博的多元环境中修炼成一个成熟的公民。显然，在微博这种言论社区中，那些常常制造谣言的人，会很快失去这个社区中民众的信任，谣言的制造者最终伤害的是自己的信誉。

在一个急剧变化和言论不畅的社会中，谣言更容易得到广泛流传。谣言在某种程度上，确实会加大产生误解和冲突的可能。在极端情况下，谣言还可能催生社会与政治暴力，比如将某类人群贴上相应的标签进行道德审判，或推动法律用更严厉的措施处理犯罪者。有研究者指出，法国大革命的发生和谣言有着血缘关系，而武昌起义在某种程度上，也可以说是被谣言激发的兵变。这种看法显然也有偏颇之处，其实谣言不过是社会局势失控的表象，而非原因。但这也表明，在社会稳定和爆发激烈的社会抗争之间，存在着一个灰色地带，这个灰色地带最有力的武器，就是谣言。所以有西方学者把谣言也看作社会抗争的一种方式，只是它的手段不像革命那么激烈，但显然蕴涵着一种抗争的意味。处于底层的弱势群体，通常会借助未经证实的谣言，为自身获得一种有利的舆论支持，表达抗争诉求。2011 年大连民众反对 PX 项目的散步，便可看作未经证实的谣言推动了民众表达他们的集体诉求。

然而在官方和传统媒体的意识中，总是把谣言看作对事实完全的歪曲和捏造，总把民众看作“不明真相”的群体，把谣言的传播者当成“别有用心”，这显然不是对谣言的理性态度，只会导致更多谣言的产生。谣言是社会和民众焦虑和恐惧的一种回声。只有把谣言看作人类社会生活的一种常态现象，构建合适的信息公开机制、充分的民意表达机制、公正的司法机制以及不同利益集团的博弈机制，才能真正减少谣言的数量。谣言的层出不穷，表示社会缺乏可靠而安全的信息出口。但在某种程度上，它也缓解了民众的焦虑与恐慌。从这个角度看，谣言能够通过微博获得一定的传播，反而显示出一个社会的健康程度，至少说明权力部门对信息传播有了某种宽容。社会和民众心中潜伏的质疑和焦虑，终于有了一个宣泄的渠道。政府和媒体也能从微博中了解到民众的所思所想，感受到社会真实的脉搏。

政府的公信力和政府与民众的互信度，是一个社会最重要的资本，这种资本需要长期的互动才能积累起来。微博无疑在加强中国信息传播的透明度，这种透明度只会提升民众在公共生活中的安全感和相互的信任感。这种透明度的达成，需要我们对谣言有一种理性的态度，谣言也是人们接近真相的一种手段，有它积极的价值。只有宽容、理性地对待谣言，我们才可能揭示更多的真相，谣言的土壤才会越来越贫瘠。

肉唐僧 /

中国从什么时候开始一夫一妻制

一说起历史，中国人总是颇自豪的。五千年文明源远流长，比起今天得势的西洋、东洋鬼子来，自是大大的优越。可翻开史书一看，却很有几分尴尬：我们有准确纪年的历史，只能追溯至公元前 841 年，也就是西周共和元年。再往前，就语焉不详了。以至于武王伐纣这等大事儿，历史学家们也只能支支吾吾地说："肯定有这事儿，具体年份嘛，不是公元前 1027，就是公元前 1122。"你看，不过是三千多年前，这么大的事儿居然就有了近一百年的误差。

20 世纪 90 年代中期，宋健出访埃及，看到埃及在古代史和文物研究上的成就，深受刺激。联想到咱们自己，周以前的历史，不过是东周人编撰的一些神话故事。硬碰硬地拿纪年说事儿，竟说不到三千年之外，这和埃及相比，差距未免过大。还要硬撑着说咱也是四大文明古国之一，面子上终究不太好看。

回国之后，宋健拿出五千七百万块钱来，交给考古学家、历史学家、文字专家和物理学家，让他们去河南、山东到处刨地。这，就是夏、商、周断代工程。

如今，我们对夏、商、周三代的知识，较前已有大大的进步。这自然要得益于考古学近年来的大量新发现。在《万历十五年》之后，黄仁宇又于 1993 年著《中国大历史》一书，对自己的大历史观作全面诠释。但宥于当时考古知识的匮乏，他对到底有没有夏这一朝代都不抱足够的信心。书中他这样说道：“可是关于夏朝的传说虽多，也仍没有考古的实证确断它的存在……”

随着二里头文化的进一步挖掘梳理以及齐家文化遗址的出土，夏的存在已经不是问题。但我们还是没有发现夏的文字——中国有文字的历史，仍只是起源于商朝。从传统定义来看，“文明”二字是需要满足两个条件的：一是要建立国家这一政治社会组织；二是要有文字。现在的问题是：关于夏，只发现了城郭，而没有文字。那么，夏是个国家呢，还是仅仅像北美易洛魁印第安人聚居地那样只是个部落联盟？它有资格被称为夏朝吗？

一批中国史学家倾向于承认夏是国家而不仅仅是部落联盟。与其说这是出于乐观，不如说是出于将中国文明历史再向前追溯一大截的急迫心情。关于夏的文字阙如，他们这样辩解道：“那时的文字都是写在竹简和丝织品上，时间久了，自然就烂掉了。”

这么一来呢，就死无对证了。心里犯嘀咕的悲观论者，也拿不出夏不是个国家的证据。这种情况下，再提反对意见，不过是白落下个“没有民族荣誉感”的恶名，谁愿意呢？于是，史学界便“形成共识”：夏是一个国家。

我们不妨从另一个角度来思考一下这个问题：夏朝，是母系氏族社会，还是父系氏族社会？如果夏只是个母系氏族社会，那么，再考虑到没有发现它的文字，再将夏称为国家，似乎就不那么说得过去了。

乍一看，这问题似乎不存在。《史记》开篇就讲轩辕氏的黄帝，取代了“德衰”的神农氏炎帝。单从炎帝和黄帝的姓氏看，似乎就有端倪可寻：轩辕氏，自然是热衷于征伐的放牧人；神农氏，自然是个种地的农民。这暗合了理安·艾斯勒的理论：父系对母系的取代，源于游牧民族对农业民族的征伐。于是今天，许多人愿意相信：公元前 45 世纪的中国，就开始有了以一个名叫黄帝的男人为首领的父系氏族社会。

如果真的是这样，那中国的父系社会的历史，即可推溯至六千五百年以前。而父系氏族社会，和国家这一政治社会不过是半步之遥。至于文字嘛，那是因为当初写在竹简上和丝织品上，早烂光了。不像苏美尔人的泥板，可以保留至今。

这个说法，岂不大快人心？！

可是，《史记》注疏又告诉我们，黄帝出生是因为“母曰附宝，之祁野，见大电绕北斗枢星，感而怀孕”。可见以黄帝为代表的轩辕氏，是来源于一个“只知其母，不知其父”的母系部落。更为重要的是，根据《史记》的说法，黄帝的二十五个儿子分属十二个姓。如果黄帝是个父系氏族首领的话，这可怎么解释呢？

从考古发掘来看，一直到大汶口文化的墓葬中，才第一次看到有成年男女合葬在一起的墓葬形式。其年代，是在公元前 4040 年至公元前 2240 年之间，比传说中的黄帝至少晚了五百年，差不多正好是传说中属于尧、舜的时代。但是，在一百三十三座墓穴中，能够确认是一对成年男女合葬在一起的墓，只有四座。即使是这四座，我们也无法确定葬在一起的这四对男女一定就是夫妻。

说到尧、舜其人，不免让我想起陈顾远先生所著的《中国婚姻史》。按陈先生的意思，尧将两个女儿娥皇、女英嫁给舜之后，舜的弟弟象，也是可以与两位嫂嫂睡觉的。另外，《淮南子・氾论训》中也有这样的记载：“昔苍吾绕娶妻而美，以让兄。”“孟卯妻其嫂，有五子焉。”如果我们以这些为依据，认为尧、舜时期中国即已进入了父子、兄弟共妻的早期父系社会的话，未免失于轻率。要知道，这些不过都是东周人编撰的一些神话故事罢了。到底有没有尧、舜其人，都还成问题。有的史学家就以上述资料为依据，主张中国进入父系社会是始于尧、舜。如果是这样，那倒不如更进一步，干脆相信是始于黄帝得了，至少又能早上五百年。因为，《史记》里一本正经地介绍过，黄帝的正妻叫嫘祖，还生了两个有名有姓的儿子，一曰玄嚣，一曰昌意。这样的说法，你信吗？怎么会这么巧，黄帝娶的大老婆恰恰就是发明养蚕的“蚕花娘娘”？

所以，神话传说这样的“软资料”，虽不可完全弃之不顾，但在解读的过程中，也要参照考古发掘这样的“硬资料”。两下吻合了，才能得出一个比较靠得住的结论。

齐家文化的时代正好在公元前21世纪到公元前17世纪之间，与夏朝的时代吻合。不过在墓葬上，一夫一妻式墓葬的比例虽然较尧、舜时期的大汶口文化要高，却仍远不是主流。多数考古学家谨慎地认为，即使齐家文化时期已经出现了父系氏族社会的形态，那也只是萌芽，绝没有成为当时婚配形态的主流。

这样谨慎的态度，似乎也得到了史料文献的支持：《尚书》和《史记》中，都记载了大禹在舜面前表功的事：“予娶涂山，辛壬癸甲，启呱呱而泣，予弗子。”（《尚书》）“予娶涂山，癸甲，生启予不子，以故能成水土功。”（《史记》）这个说法的难以翻译，就在“辛壬癸甲”这四个字。它究竟是什么意思，曾颇多争议。郭沫若的解释，是说辛壬日娶妇，癸甲日生子。也就是说，大禹娶了这个涂山氏的老婆之后，过门才两天就生下了儿子启。为了圆这个说法，又有人扯出这么一套解释：那时的女性是有婚前性自由的，男子因而有“杀首子”的习俗——将娶回来的女人所生的第一个孩子杀掉，因此大禹便“生启予不子”了云云。但是我们知道，启并没有被杀掉，也没有被大禹不承认，日后，他还继承了大禹的权力，当上了夏朝的第一代国君。这个解释的另一个致命弱点是：不把启当亲生儿子，和“成水土功”之间有什么因果关联呢？为什么非得“生启予不子”，才能“以故能成水土功”呢？

对于“辛壬癸甲”这四个字，张光直先生在其《中国青铜时代》一书中作了这样的解释：大禹说，他娶的涂山氏女子，出于名门正户，且符合辛配壬、癸配甲的嫁娶规则。生了儿子启，他也没有回家看望，因而成就了治水的功绩。这个解释不仅合情理，还与后来商朝的庙号相吻合。相比之下，郭沫若的解释就显得很没有道理。试想，如果大禹真的娶了位两天后临盆的孕妇，他会拿这个说事儿吗？

大禹说“辛壬癸甲”这四个字的时候，神情中一定是充满自豪的。这让人不由得联想起古希腊的那些英雄们在战场上自报姓名的方式：“我，阿喀琉斯，高贵的珀琉斯的儿子……”一件值得拿出来炫耀的事情，一定不会是平常稀松的。由此可见，大禹能够确认启是自己的儿子，同阿喀琉斯能够确认珀琉斯是自己的父亲一样，在当时一定是一件很有面子的事情。即使到了现在，祖上曾经荣耀过的人家给孩子起名字，也会与普通百姓有所不同。比如阿拉伯的奥萨玛·本·拉登之类，这名字中间的“本”，就是“某某人的儿子”的意思。法国人名中的“德”以及荷兰人名中的“范”等，估计也都是差不多的意思。

试想，以大禹的社会地位，照规矩娶老婆也值得如此夸耀的话，当时的婚俗，亦可想而知。

夏之婚俗，可以用两个字来概括：杂、乱。

杂，是指各种各样不同婚制的多元化并存。所谓“上古万国，至商三千，于秦则无”。这些组成了夏朝的大大小小、数目繁多的部落，其婚配模式自然也是形态各异的，既有早期的父系氏族社会模式，又有母系的普那路亚伙婚制，甚至还存在更加落后的血婚制。

乱，指的则是母系氏族社会时期从来没有出现过的一个新问题——族内婚！

我们知道，在周朝以前相当长的一段时间内，是“男子称氏、女子称姓”的，这句话的意思，并不是说某人生了儿子，就将他命名为某某氏；而生了女儿，则将她命名为某某姓。这样的解释是说不通的，一对男女遵守母系的婚配原则也好，遵守父系的婚配原则也好，属于他们的子女不应该有姓氏上的不同。“姓”这个字，本意即为“女生”，因此，“男子称氏、女子称姓”的真正意思是，如果是遵照母系的婚配和承继规则，那么孩子就称姓；如果是遵照父系的，那么孩子就称氏。由此可见，“男子称氏、女子称姓”时期，就是两种截然不同的婚配和承继制度并行的时期。这种双轨制并行的例子，见于云南彝族的他鲁人。他鲁人的年轻姑娘如果不愿意出嫁，那她就会和一个母系的纳西族姑娘一样，待在家里接待本氏族之外男子的拜访；当然，她也可以选择出嫁——离开自己的氏族去和自己喜欢的男子一起生活。在前者，她的孩子随母姓，也就是“称姓”；在后者，她的孩子归男方，也就是“称氏”。

我们可以设想，在这母系和父系“双轨制”的时期，即使是在同一个氏族中，也同时存在有认同父系婚配制度的“新派人士”和坚守母系婚配制度的“传统人士”。两种截然相反的观念的并存，必将造成婚配上的混乱。比如：一对同父异母的兄妹，如果是按照父系的新派观点来看，他们是同一氏族的，不能通婚；可如果按母系的传统观念来看，只要他们各自的母亲不属于同一母系氏族，那这一对兄妹就可以结婚。

在实行群婚的母系社会以及早期的父氏社会，对于男人们来说，他的姊妹以及所有那些可以和自己有性关系的女人所生的孩子，都是他的儿子或女儿；对于女人们来说，她所有的姊妹和兄弟的孩子，也都是她的儿子或女儿。所以，古代一对被称为兄妹的男女，往往并不意味着他们有共同的父亲及（或）母亲，而仅仅意味着他们是同一氏族中属于同一辈分的一对男女。由此我们可以推知，关于古代兄妹婚的各种传说，指的不过是族内婚而已。

父系氏族社会刚刚建立起来的时候，男人们不但在一定范围内共享妻子，思想上也存在着严重的母系氏族社会的遗存。在一个父系氏族社会中，妻子们的来源五花八门，有抢来的，有买来的，也有从战败部落中俘获来的。所以，从早期父系氏族中妻子们的角度看来，属于同一父系氏族的兄妹之间完全有通婚的资格——只要他们不是一母所生即可。这样一来，恰恰是母系社会所严守的族外婚观念，为早期父系氏族社会中的族内婚提供了伦理上的依据。

从神话传说中，也可看出父系取代母系的过渡阶段，曾经有过的这个族内婚的问题：早先母系社会的时候，人们崇拜的只是一个女神，人类是由女娲“抟土为人”而产生。后来，她不耐烦了，改用一条鞭子在黄泥巴里蘸一蘸，朝四周乱甩，于是一个个泥点子变成了人，由此，女娲造人的效率也大大提高了——这似乎解释了中国人的肤色以及何以中国会有这么多人。到了早期父系社会时期，关于人类起源的故事也有了相应的新版本：出现了一个男神盘古——女娲的兄弟，他和女娲结婚，于是产生了人类。其他民族也有大同小异的故事，比如希腊，先是只有女神盖娅，后来她生了个男神乌拉诺斯，这一对母子再生出奥林匹斯山上的第一代众神。宙斯称王之后，便娶了自己的姐姐赫拉。

夏朝经历了约四百七十年、十七代王之后，权力从桀的手上转到了商汤。从殷商开始，中国历史开始有了文字记载。这个来自东方的新统治集团，还保留着浓厚的母系氏族遗风。在王位的承袭上——按张光直先生的意见——还是舅甥承继，而不是父子相传（听说张先生后来又推翻了自己的这个意见？且存疑吧）。贵族们虽然都姓“子”，但是以天干为名分成十支，以甲、乙两支为首带一组，以丁为首带一组。两组间实行族内婚，以保王位血统的纯净。一个人能否继承王位，他的母亲在氏族中的地位起着决定性的作用。

在殷墟的考古发掘中，发现一夫一妻式的合葬也只占到三分之一。而且，从墓葬中陪葬品的情况来看，女性的地位并不比男人差。迄今出土的最大的青铜礼器后母戊鼎，出自商王武丁配偶的墓——不是商王本人的。从卜辞上我们也得知，武丁的另一个配偶妇好，还曾经率领大军四处征伐，战绩相当辉煌。

那么，会不会是这样的一种情况：属于中原文化的夏朝，父系社会发展的水平很高。只是在被来自山东的新主子殷商征服之后，朝着母系社会“退化”了呢？这个可能性看来很小很小。一是按照理安·艾斯勒的理论，如果有一对邻居，一个属于父系氏族社会，另一个属于母系氏族社会，那么，挑起事端并能打赢战争的，应该是父系氏族社会的那一个。另外，《论语》中孔子曾说过这样的话：“夷狄之有君，不如诸夏之亡也。”这里说的“诸夏”，当指中原地区与夏王朝并存的众多部落。孔子的这句话告诉了我们，总的看来，务农的夏代，其父系社会形态的发展水平要低于东方和北方的少数游牧民族。在这句话中，孔子举东方的夷和北方的狄，而不是提西方的戎和南方的蛮，似乎并不是无心的。我们知道：取夏而代之的殷商，来自于东方；而取商而代之的周，则恰好来自于北方。

但翻开史书，我们便不难发现，其实春秋战国时代，是淫乱得一塌糊涂的。王公贵族，违制多娶自不待言；贵妇们与人通奸闹出丑闻的，也是不胜枚举。比如郑穆公的女儿夏姬，嫁给陈国的一个大夫，丈夫死后与陈灵公和另外两个大夫集体通淫。后来，又嫁连尹襄老，丈夫在外作战时，在家与继子蒸淫。更为极端的例子，如卫宣公、楚平王，给自己的儿子娶媳妇，得知儿媳妇漂亮后，就自己扒灰了。宋襄公夫人王姬，六十岁高龄时爱上了自己的亲孙子公子鲍，强逼孙子和自己睡觉。为了公子鲍能最终继位，还杀死了另外一个孙子。齐襄公和自己的异母妹文姜通奸，在文姜嫁给鲁桓公做了鲁国夫人后，还继续和她通淫，鲁桓公还因此而送了命。此外，《左传》中还记载了大夫阶层中类似于现在"换妻俱乐部"的情况，如庆封与卢蒲嫳的易内而饮酒，再如祁胜与邬臧之间的彼此通室等等。

周朝这种专偶制的不彻底，原因有很多。在武王伐纣的时候，联合的部落达四百多个，可见当时是多部落氏族并存的。这些部落落后的婚俗，对周难免有所影响。举其大者齐国而论，齐国姜姓，"姜"、"羌"相通，可见是来自西方的游牧民族。建立封国后，齐国仍保留着游牧民族父系氏族早期的婚俗，即父系内的族内婚，这种现象在游牧民族中是十分常见的。故齐桓公多内宠，姑表姐妹多人不嫁。晚至齐襄公，其与同父异母妹文姜通奸后，为了遮丑，竟下令全国家中长女不嫁，命其为"巫儿"，居家主祭。民间风俗由此可见一斑。

再者，周以一个蕞尔小邦取殷商而代之，与殷人相比，无论在人数上还是在文化上，作为统治者的周人都处于劣势。从许倬云先生的《西周史》中我们得知，周王朝的大多数封国起初并没有明确的地望，被委以封国重任的贵族从周天子手中得到的，只是一些象征权力的礼器、服饰和若干建制完整的殷民部落。在各个封国中，殷人并不被当作奴隶看待，而是协助周人，共同对封国内的土著实行统治。在封国内，周人和殷人建一个城郭并一起居住在里面，自称“国人”；而生活在城外的土著，则被称为“野人”。在边患十分严重的燕国，殷人在国内的地位几乎与周人没有什么差别；而在十分注重礼仪的鲁国，殷人也保留着祭祀自己祖先的“亳社”。由此可以想见，殷人的母系社会结构以及偶婚风俗的遗存，在周朝建立后相当长一段时间内，并没有受到实质性冲击。

另外，周关于婚制的规定，是以礼的方式推行的。所谓“刑不上大夫，礼不下庶人”，因此，对下层百姓的管束便很不严格。连年的战乱，使得各国亟须增加人口。于是官媒又有了另外的任务：“……仲春之月，令会男女，于是时也，奔者不禁。”就是说，每年春暖花开之际，政府有关部门都要将未婚男女组织在一起。在一起做什么呢？当然不是跳交谊舞，而是集体通淫。其婚制推行的不彻底和士庶间的双重标准，在此暴露无遗。

造成这种不彻底性的深层次原因，还是观念上的。人们关于氏族内财产共有的思想还很严重。财产如此，用钱买来的女人当然也是如此。所以，当一个男人死后，他的女人们便理所当然地被同氏族的男人继承，这便是周代收继婚甚至不同辈分间的“蒸”、“报”婚十分普遍的原因。一个女人属于某一氏族的观念十分强大，而一个女人专属于某一个男人的观念，却相对淡薄，这是周朝婚制与现代一夫一妻制度不同的最根本原因。

这个问题，直到秦朝建立后才彻底解决。在周朝，秦是个非常落后的游牧民族，只是靠给周王朝养马，才获得了附属国的地位。其婚制，还处于早期父系社会阶段。兄弟，甚至父子共妻的事情屡见不鲜。秦风之粗鄙，仅举《战国策》中的一个例子就可想而知。楚韩交战，韩派了好多使者求救于秦。使者中有一个名叫尚勒的，秦宣太后看着还顺眼，便召入宫中向其阐述其想法："妾事先王也，先王以其髀加妾之身，妾困不疲也；尽置其身妾之上，而妾弗重也，何也？……"这段话的意思是："我和先王做爱的时候，如果先王只是屁股坐在我身上，那我不大一会儿就觉得累；如果先王整个身子趴在我上面，那我就不会觉得累了……"贵为太后，却用自己的性交体位打比方，来向外国使节阐述本国的外交策略，这也算是古今奇谈了。

到了秦孝公的时候，起用商鞅变法。这新法的实质，很像我们从前推行的"包产到户"。

周代列国，依用井田法。一个氏族分一块地，以"井"字划成九块，周围的八块，收成归氏族自己，中间那块地的收成，用来交税。这和我们曾经有过的公社差不了多少。而商鞅的新法，是将土地全部收归国有，重新丈量过后，分到每个壮年男子头上。国家的税收或徭役，直接与每个成年男子挂钩，而不再以氏族为单位加以征收。一个家庭中，如果有两个或以上的成年男子而不分家的，人头税按五倍算。

这样做的后果显而易见。家庭中从此只有一个成年男人，并且这个男人要独立承担整个家庭的经济和社会责任。严格的一夫一妻制，至此有了适合于自己的土壤。如果这个家中的男人早死，他的女人还有孩子需要抚养，有国家义务需要履行，因此，过继或改嫁给别的男人，便是一件困难的事情。

一直到了这个时候，在概念上，一个女人才真正地归属于某一个男人，即便这个男人死了，也是这样。《旧约》时期的犹太人，兄死后，如果身后无嗣，弟弟是非娶嫂子不可的。但是，生出来的孩子却要归于死鬼哥哥的名下，以便这一宗支的财产继承。这便是某一女人在概念上专属于某一男人最好的例子。比如《旧约》中有这样一个故事：雅格的四子犹大，生有三个儿子。大儿子早死后，没有子嗣。于是大儿媳他玛被二儿子收继，为的是生下属于死鬼大儿子的孩子，以便于继承财产——这是二儿子所不愿意的。所以，他在与他玛同房的时候，总是遗精于地，不让她怀孕。二儿子死后，因为三儿子还小，无法收继。最终，他玛还是与公公犹大同房，才有了孩子。这个故事，也充分反映了父系氏族的早期婚姻，其着重点在于财产的继承。为了得到继承人，父子、兄弟之间并不在乎各种形势的共妻。在古希腊、印度和埃及，甚至有具体的法律条文来规定对一个无子寡妇的收继中，公公、大伯子及小叔子之间的优先顺序。和犹太人相同的是，这样生下的孩子，名义上仍归于死者丈夫，以便于财产的继承。

这深刻地说明，严格的一夫一妻制，只有在经济模式的推动下，才能得以建立。

秦国也凭借着新法的实施，迅速强大起来。到了公元前221年，秦始皇统一了中国，随即制定了严格的法律，在全国范围内推行父权制下的一夫一妻制。公元前210年，始皇出游至会稽，对当地母系氏族遗存严重的淫乱风俗十分厌恶，乃刻石立法。这大概是中国第一个涉及对婚外性行为如何加以处罚的法律了。其惩罚的主要内容是："有子而嫁，倍死不贞""夫为寄豭（与别人妻子睡觉的人），（亲夫）杀之无罪""妻为逃嫁（与人私奔），子不得母"。这三条，无一不深刻地说明了父权下专偶制的本质，那就是：让男性得到一个在血统上靠得住的后代。为此，秦始皇还提出了具体实施的办法："防隔内外，禁止淫佚。"

由上可以看出，在中国，父权制的一夫一妻制，在周是折中于礼，至秦又辅之以律。周完成了由母系向父系的转化，而秦则打破氏族结构，建立起一夫一妻制的小家庭。

根据竺可桢的研究，公元前1000年左右，北半球曾经经历了一次自东渐次向西的严寒，这正与周人自北向南侵入中原的时间相吻合。从那时起直至清朝，农业社会的中原地区与北方及西方的游牧民族间的战争与交融，成为中国历史上从未间断过的主旋律。

中国历史的另一个主旋律，则是所谓的儒法之争。从经济层面看，其实就是均田制和土地私有化之间的不断摇摆。这个问题，就是黄仁宇的大历史观所阐述的核心问题：中央集权制下，普天之下莫非王土，皇帝是所有土地的唯一合法主人。因此，在中国难以建立起私有财产的观念。国家作为所有土地和农民的主人，有义务有责任让所有的农民都能拥有土地的使用权（不是所有权），也就是“耕者有其田”。作为统治者，皇帝有义务实行仁政，以保证子民丰年有盈余，荒年不致饿死；而一个个耕者，则须向国家缴税——这看起来像个合同。可是，管理这么大个国家委实困难，皇帝建立起的文官系统非常低效，技术上不得不依赖于在民间建立宗族组织，以简化统治环节。这就又要回过头来求助于儒家的“君臣父子”思想，以意识形态手段来弥补技术上的不足。

殷罗毕　/　# 有叫作“人群”的这种东西吗

A. 人群与焦虑

人群，是这个国度最为辉煌也最为醒目的景观。每过若干时日，几乎所有主流媒体的大字标题赫然都是“创历史最高纪录，旅游人数逾千万”之类。此亦可证明人群人流的大小，是这个国家认定的自身成功的标记之一。你可能看不到那些低伏的风景，但你不可能看不到淹没了整个地平线的人群。在一个称为世博会的节日，史上最强的集群运动达到了高潮——在五平方公里的地块内，单日人群量突破百万。

人一多，似乎，生命就开始贬值。百万人流的当日，参观一个博物馆排队十二小时，进医院量个体温看个感冒排队七小时，乘轮渡排队三小时，乘公交车排队两小时，乘地铁排队一个半小时，上厕所排队半小时……换言之，整整一天的生命，只能换来在一个场馆瞅两眼电影；三个小时的生命，只能换来坐在船上看一下江水和两岸；一个半小时的生命，可以换来挤进地铁把自己从这个人海现场搬运出去；半小时的生命，可以换来将自己身体中的尿液排放出去，和一百万其他人的尿液浩浩荡荡地汇合在一起。在人群之国，所有的一切——从物质（例如午餐）到机会（例如进入场馆参观）都是短缺的，除了人口。

这种直观而貌似必然的生命贬值，来自直观而貌似必然的短缺。但事实上，这种貌似客观而必然的短缺完全是一种人为制造的结果。短缺之所以存在，前提在于将人类驱赶进一个有限空间并限制他们的所有行为。正是原本可以不断创造各种物质和各种游戏形式的人群被剥夺了创造的自由，在此，我们看到了被动无用却占用乃至争抢着资源的排队人群。于是，在人群之国，便有了一种极为普遍的面对他人的态度。在这种人群态度中，一个小便池位置、一碗面条都具有价值，被视为资源，而人群却没有价值，乃至是需要占用资源的负价值，被视为一种负担和灾难。在超高密度的人群之中，面对一个人时，你的态度常常会比面对一杯洁净水更为没有耐心和缺乏尊重。

与集中营不同，人群之国中的人群可都是自己坐车来到各种现场，参与集群的。尽管排队的人群可能对于排队和人群都感到愤愤不已，但事实上，他们之所以来到这里，就在于这里有人群，有漫长的队伍可以排。

不是马路上那种擦肩而过的人流，不是在学校在公司被命令所驱使奔向自己目标的穿梭人流，而是仅仅因为自己期望得到一点快乐而与其他人走到一起，因为各自身体中趋向了解和接近世界的倾向而构成的人群。这个自发形成但又有着共同目标的人群，便有了一定程度公共生活的意味了，尽管这种公共性依然是极其微弱的。他们在人群中感受到自己与他人是有某种联系的，在完成着某件大家在一起完成的事情，而这个事情又并非完全来自权力和集体的命令。这种出于个人的驱动而形成的群体，便有了让孤立的个人在他人身上照见自己人性面貌的机会。正是在这种与众多他人的互相照临中，人类的诸多公共性规则、人类的道德感和尊严感，才具有了客观可见的形式。

至此，我们可以回到最初的场景。那个百万级的人群之所以在五平方公里的狭长地块中出现，恰恰在于在这个地块之外，这一百万的人几乎没有任何公共的生活可以参与其中。正是由于公共生活的极度匮乏，造成了城市人群的极度膨胀，尽管城市本身的公共性已经是一种稀薄如汤的朦胧存在。按照真正具有公共理念的建筑大师尤纳·弗莱德曼的原则，对于城市而言，其所有、设计和建造权都应该归还到城市真正的主人——所有市民的手上。换言之，城市如果要真正呈现一种未来的理想城市的面貌，要解决当下人类的现实困境，那么所需要做的第一步，便是将整个城区交由市民来设计。

“向未来开放”的公共生活远没有来到各个城市的现场。因此，人群在被剥夺自己动手不断构建、拆除、再建自己城市的权利和可能性之后，他们在进入城市当局早已设定建成的商品房和卖场之前，所能做的只是长达数小时的等待。在等待中，他们的时间是被动无聊的。他们的生命亦就呈现出被动、无聊的形态。于是，他们的生命显得毫无价值。尽管隐隐约约被某种朦胧的公共生活所吸引，但人群整体上依然缺乏真正的、敞开的公共生活。人群的创造性和生产力被阉割之后，人便成了一种负价值，物反而高居于人之上。人在人群中积聚并经受短缺的焦虑。这便是这堆被称为中国人的人群的基本情景和秘密。

B. 人群与自闭

国家权威精神卫生防治机构称，十三亿中国人中有一亿多都是精神病人。这数字乍一看让人惊得要发疯，但仔细琢磨、仔细观察，我们就会发现，这却是一桩不争的事实。据笔者一位以每小时两百元的价格坐台、在某精神卫生中心作咨询的心理医生朋友称，只要看一眼北京、上海地铁里的乘客，她就能看到车厢里搭载着满坑满谷的精神病人。

精神病乘客表现出完全一致的精神病症状。这种坐地铁的鼠类强迫症病人的目光像趴在地沟或地洞里的成年老鼠一样，目光永远都收缩在三十厘米的世界之内，目光的边界就是一枚手机或iPad的屏幕。那个三十厘米远处的电子屏，就是这些鼠类强迫症患者的世界尽头。精神病人们穿梭迅疾，目光却纹丝不动。他们分秒必争，却日夜不分。他们总在人群之中，却个个独立无援。

据那位持合法执照坐台的精神病科医生朋友称，这些精神病症流行病一般以数以千万计的人口规模爆发，其中基本原因就是他们看到了太多人类，同时也被太多的人类看到。这样看多了，他们就不得不在潜意识中将自己想象成一样物件，可以不被人看到，也不去观看别人，否则一旦遇到一个人，他就会变得手足无措、尴尬无比，貌似自己不该存在一样。一个站在地铁车厢里不拨弄手机不塞着耳机在iPod里听音乐不在iPad上翻页的人，几乎就是一个在大庭广众之下赤身裸体的人。他赤裸裸地面对着其他人，让其他人感觉到人的目光正在他们的皮肤上爬来爬去，这真是一种极大的威胁和冒犯呢。

人类在世上的烦恼和罹患的精神病，大半都出于和人类待在一起待得太久。抑郁症、躁狂症、强迫症、精神分裂、妄想症，几乎都来自一种原因、一个问题——“在别人的眼中，我究竟是怎样的？”

为了这个“别人的眼里”，每个人自己都成了一件可以被任意评价和删改的物件，人类自己与世界原本亲密无间的可爱关系也就烟消云散了。因此，将每个人从塞满了太多人的世界中拯救出来，但同时又避免那种对电子屏有恋物癖似的状态，可以让每个人都有和世界本身相互看到和触摸的机会，便是一个意义深远的科学问题了。为了拯救成千上万乃至上亿的人类，使他们免于在被人类过度充斥的世界濒于精神病变，殷罗毕发明了一种可以瞬间将自己从人类世界抽离，进入到纯粹的一个人的空间和纯粹的世界本身之中的机器。这种机器便是便携式单人潜水球，从城市和空间规划的层面而言，那就是私人水下城市。私人水下城市，在充分建成展开之前，其实是一种附带一小型电机的双层透明膜。平时可以折叠，如一件雨披，装在兜里。一旦要使用，便可以充气成泡。人坐在充气泡内层，然后进入河面或江面。在水中，气泡最初是漂浮着的，内层泡中的人可操纵一个小型的机关，打开外层泡膜上的一个口子，开始注水。水注入之后，便将外层膜与内层膜之间夹层的空气排走，比重上升，潜水球就自然下沉。下沉的深度，则由外层膜注水的程度而定。要升起时，则使用一个小型电机排水，并将空气吹入夹层，潜水球自然也就升起，升出水面。但如何上岸呢？此时，球内的驾驶者可以选择钻出球体，将潜水球放气收起，然后游泳上岸；或者坐在球里优哉游哉任其漂浮，直到晚间潮起，将球和人都冲到岸上。

C. 人群与屏风

当河对岸又有一百座超高层建筑在瘢痕累累、处处开裂的地面上拔地而起冲入一片云雾时，河的这边，却有一片全新而低平的城市建筑出现在人们的眼前。这座朝四面打开的城市仿佛是一夜之间从地平面下方升起的，而它的外形却分分秒秒都在变动之中。每当夕阳垂落的时刻，这座城市的影子就像一条不断蠕动的黑暗的千足之虫，在每个偶尔路经其侧的旅行者身上爬行。

当城市中的漫游者偶尔缘江行走，忘路之远近，抬头间便来到了这座屏风之城。其中男女衣着，悉如外人。问今是何世，乃不知有商品房，遑论房贷。屏风之城的广告牌上没有“海景房”，没有“尊贵首席”，没有“诗意栖居”，唯有硕大无朋的标语——“发明一座人民自己的城市”“将城市这一人类聚居的场所交还到人民自己的手上”“让城市成为人民所有、人民所管的城市”。这时，漫游者才明白，原来有人发明了一种全新的DIY（自己动手做）城市。其中某些自以为懂些洋文、懂些现代电子时尚的人，便称之为 iTown。如同当年爱迪生发明了电灯，使人类在黑夜中开拓出了自己的明亮生活空间，屏风之城的发明，使得每一个人都有了能力去建造自己的房子，去自由而轻松地开拓自己生命的空间。在这座城市中，每一个市民都能建造、使用并不断修改自己的房子，并和其他市民一起建造自己的街道、广场和社区。

屏风之城的最初规划思路来自于对当代建筑传统的全面归零和全面取消：取消高层建筑，取消楼房，取消钢筋水泥建筑，取消所有砖石建筑。因为这些以牢固、耐久和大消耗为基本特征的建筑形式已经远离了个人建房的可能，而成为一种普通个人所无法进入和承受的资本游戏。

因此，屏风之城的创始者以一种禅宗顿悟般的方式翻转了人类对于城市的理解和想象，屏风之城是对所有西方之城，石头、混凝土和钢筋之城的终结。反对所有以沉重材料来建筑楼宇和房子的西方思路，转向东方人空间营造的轨道。使用木材、纸板、塑料板、玻璃片来拼合和隔断出各种不同空间。任何六个纸面，都可以搭成你今晚的安眠居住之所。在最激进的东方空间上，用一个电冰箱硬纸板包装盒套住自己，就是给自己造了一座房子，就像那个最后自杀的日本人安部公房所设计的那样。

当纸盒、塑料片和玻璃镜子立在地面上，围住我们的身体，变成我们的房间时，城市也不再是人类脑壳里那种僵硬沉重的石头堆积物，而成了一种变动不居的临时性移动空间。所有临时诞生的空间，都如屏风般不断地平移、转向、被拆卸，每移动其中的一个立面，便形成一个全新的空间——一个新房间，一条新楼道，一个新的阳台。当一面屏风之墙被打开，原先的房间便成了一条走廊；打开上侧屏风，走廊成了天台；插入若干屏风，天台成了手术室；缩小屏风间的间距，手术室成了浴室。在屏风之城，人民群众时时刻刻都在进行的自发拼合、移动、转向聚集在一起，便无意识地形成了无数的临时街道、临时广场、临时社区和这座临时城市。

近期，越境进入屏风之城并在其中生小孩的来自房贷之城的孕妇日益增多。因为他们认为，一诞生就可以自己选择自己的空间，去占领空地当作自己的领地，并可以随时改动自己的房间、自己的街道、自己的广场、自己的城市的人，才称得上是一个正常的人。在屏风之城，人民可以在这个不断自我更新和变幻的城市经商、工作，进行文化交流，他们在固定城市中所得到的都能在这个纸板、塑料片拼合成的城市中得到。而且，他们拥有这座城市本身，而没有几十年的房贷负债。

在屏风之城的建城规划书中，我们可以看到建城之初设计者的纲领。其中宣称，屏风之城的最低纲领为，固定城市所具有的巨大投资、管理成本、交通问题都将在一个无成本、可随意改建和移动的城市中得到解决。其最高纲领则宣称，城市将成为一个无数个人进行创造的无成本空间，市民将居住在自己的创造物之中，城市生活将迎来不可预计的变化和无数偶发性联动所形成的出乎所有人意料的全新奇特空间。究竟是怎样的一个奇特新空间，屏风之城的市民对此各持己见。有的说，地球将变成一座巨大的纸板、玻璃和塑料片的垃圾场。有的说，将会是一座人工智能的纸板、玻璃和塑料片垃圾场。人工智能，即地球这座屏风城市，这座 iTown 之所以能有智能地变化万端，是因为其中总有人类在使用智能。

D. 人群与语言

回想起来，“宇宙寂静日”似乎是在一日之间到来的。不知在地球——哦，现在，我们可不能再说“地球”这种落后、错误的地方性名词，而要称之为 01100110 号空间体——不知在 01100110 号空间体的哪个位置，突然，宇宙统一代表团降临了。事实上，人类中谁都没有目睹宇宙统一代表团一行踏上 01100110 号空间体的场面，但就在那天，大家都知道地球已经被统一到宇宙空间体了。

人类和 01100110 号空间体被统一进宇宙空间体这件事，大家伙一开始还不太确定，但当天发生的一连串变故，让即使是刚牙牙学语的小儿都明白了自己的处境，从此连呼吸都不敢随意、不敢自作主张。

首先，是所有的声音都消失了。当时，殷罗毕——当然，现在我们也不能用这种低级、庸俗、地方化的名字来称呼他了，我们应当称其为 01100110001101 号生物体——01100110001101 号生物体正安坐在网吧，吹着空调，上网听一个长得像黑社会出来的胖子说相声，正当他听那哥儿们扯到逛着洗头房反三俗的时候，声音戛然而止。不单他电脑上的声音没了，边上一女孩正在收看的国家领导人做报告的新闻也没了声音。不但显示屏上的声音都没了，01100110001101号生物体觉得这安静不单来自室内，也来自整个外部世界，窗外向东、西两个不同方向疾驰的汽车也没有发出任何声音，连轮胎从水泥马路路面碾过时橡胶分子与水泥分子摩擦产生的噪声都一丝全无。

“这是怎么了？”

01100110001101号生物体问一旁的女孩，但无论那女孩还是他自己都没有听到他说了什么。在那宁静无色的空气里，只看到他的嘴张开又闭合，如同一条鱼缸里的鱼。接着，他就看到女孩的嘴也在空气里张开又闭合，但他们的耳边都是静默一片。

很快，事情就水落石出了。原来宇宙统一代表团已经抵达地球，为了加强地球的宇宙化，代表团在地球上空施放了一颗声音统一原子弹，这一幕，01100110001101号生物体和人类中的其他成员都亲眼目睹了。当那女孩的嘴还在空气中无声地一张一合时，窗外过度明亮的阳光让01100110001101号生物体的眼睛近乎失明，瞬间之后，整个天空变作了一片永久的血红色。据此后的地下反抗组织中的物理学家解释，从那一刻开始，整个天空就处于宇宙单子被动震动的能量控制之下。简单说来，就是地球上任何一个角落的空气震动都会被这种宇宙统一机器中的声音能量场侦测到，并在同一时间作出反向震动，于是，所有的声音都在发出的一瞬间湮灭。地球人发出的各种地球方言实在不符合宇宙化的要求，现在好了，整个世界都清净了，一步实现与全宇宙接轨。

在此后的日子里，尽管某些顽固分子依然坚持使用各种地球方言，但大部分地球人都是积极向上、要求进步、与时共进的。他们不久就学会了使用0101这种最为简洁、理性的宇宙频率来互相交流。事实上，宇宙频率的推广并没有实施任何强制和高压，对于宇宙频率的学习，绝大部分地球人都趋之若鹜呢。他们将脑袋像小鸡啄米一般在空气中一点，敲击出 01010 或者 00111 之类的音频，表达着他们对于自己已经宇宙化的由衷喜悦。这些在空气中不断重复的单一震动如果翻译成繁复累赘的地球方言，我们就知道，他们说的是："宇宙化就是先进，到哪儿都能听懂啊！""再也不需要学什么劳什子英语啦，更别说广东话、上海话、闽南话了！"而且宇宙频率简洁明快，符合宇宙理性的标准，这也是绝大多数地球人所心服口服的。只要使用宇宙编码系统，0101001 之类，两个符码，就能把全宇宙要说的事全包括在内，能不先进吗？简直是太先进了，代表着宇宙最先进的生产力和文明，地球土人哪有不学习的道理啊。于是，大家都学。看到不学宇宙频率、顽固使用地球方言的，就纷纷嘲笑他们是土老帽。

当然，在宇宙单子被动震动能量场控制的全球绯红色天空下，地球方言自然是不会有发出声音的任何机会的。事实上，所谓地球方言的苟延残喘、谬种流传，都是在地球方言抵抗组织的特殊场所中才得以存在。留恋地球土著文化的顽固分子在发现自己已经无法在空气中发出声音之后，并没有如其他地球人那样为宇宙频率感到欣喜，而是觉得自己就像被从水里捞出的鱼一样就要窒息而死了。这种濒死窒息状态，直至他们中某几个聪敏异常的家伙发明了固体发声交流法才有所改变。事实上，这一拯救地球方言的伟大发明（被后宇宙寂静日时代的地球抵抗组织称为自由世界的四大发明之一）最初就来自于殷罗毕。就在那个宇宙统一场能量湮灭了地球空气中的所有震动之后，殷罗毕眼看着那女孩不断地张口闭口，却听不到任何动静，于是，他就往她的方向走近了一步，还是听不到，再走一步，还是听不到。最后，殷罗毕终于听到了，因为那女孩的嘴唇贴在他的耳朵上了。伟大的秘密就这样被发现了——原来，宇宙统一能量只能对空气震动实现完全的控制，对于固体的震动只能起到一定的衰减效果，但剩余的震动能量依然会在近距离的口耳之间传递。终于，就像接到一个来自宇宙深处的电话一样，在一片海浪般的沙沙声中，殷罗毕听到了那女孩的声音。

这一口耳相触的原则很快就被落后的地球遗老们大规模地运用起来。只要你看到两个人都把脑袋靠在墙上，一人嘴唇贴着墙壁不断蠕动，一人耳朵贴着墙，那就是两人在对话交流呢。如果是一个男孩和一个女孩，他们为了听得更清晰一些，会不断缩小两人在墙面间的距离，有些情况下，就把自己的嘴唇和舌头直接塞到对方的耳朵里面。某些极端的地球方言固体交流法的支持者，则往往会做出令拥护宇宙频率的宇宙大众更为不齿的低俗举动来，比如他们将舌头互相伸入对方的嘴唇里，甚至舌头与舌头互相搅成一团，这是在使用地球方言中最为神秘和古老的交流方式了。对于已经宇宙化的生物体而言，这种方言实在是太土气太肮脏了，是他们所不屑的。

但除了不断派出宇宙城市管理纠察队来抓捕这些破坏宇宙城市面貌和宇宙秩序的地球盲流之外，宇宙频率的支持者们并没有过多评论或抨击这些固体交流法群体。即使他们在街道和地铁里看到那些把舌头贴在墙壁或伸入对方唇齿之中的男女，他们最初感到的不屑很快就变得模模糊糊，因为使用 01010001111 的宇宙频率，辱骂他们低俗、下流或肮脏其实都是一个频率，这个频率甚至和吃饭、睡觉、点头的频率都有点类似。随着宇宙化程度越来越高，仅仅属于地球而不属于宇宙的那些词汇在宇宙频率中被不断删除淘汰，久而久之，宇宙化的地球生物体张开口点着头唯一能敲击出的语言，就是一个词——01010101，以及对这个词的不断重复和循环。该词的意思似乎是表示“是”，但在某些场合与情况下又表示“不”，表示拒绝。但这个词究竟表示什么意思，这对宇宙化的生物体而言已经不再重要，因为他们知道自己不仅仅是地球生物，也是宇宙大家庭中的一员，地球人、人类这个概念对于他们而言实在是太狭小、太地方化、太土气了。现在他们都已经直接被统一到基本粒子的层面上，与宇宙中飘荡的一粒尘埃都是同类。有的时候，宇宙化生物体确实连自己是谁、自己在哪里都无从知道。他们曾经有过一个自己的家园——地球吗？有地球这么回事吗？不是 01100110 号空间体吗？某些地球反抗组织的成员试图用地球方言乃至宇宙频率来告诉他们自己的家园地球，那些宇宙化生物体只是木然地点点头，说 01010101。

E. 人群与数字

之一，三十亿个去处

空间的秘密在于，它总诱使我们以为我们可以进入其中。

——般罗毕

每当走在街头时，我总会被一股如被烈日照射的猛烈晕眩所撞击。那些或者三三两两或者满大街蜂拥着的女人，那些空气中的肉体中的空洞，就在我的前后左右不断移动。一条街上，数十、上百，甚至数以千计的神秘莫测的洞穴，从各个不同方向向我靠近，然后又远去。街边的高楼里，那些静谧的窗洞里也有着同样阴凉而安静的洞。那些洞穴或者停留在电视屏幕前的长沙发上，或者正在房间里漫不经心地移动。

这个星球上大约有三十亿个女人，三十亿个洞穴，三十亿个去处，它们中的绝大多数我都不曾去过。但所有的人都已经或将要从这些洞穴中前来。因此，我对于自己的无知和羞怯颇为懊恼，即使只是到所有这些安静去处的门口，问候一声这个下午过得可好，我都未曾做到。即使加以年龄的限制，仅仅计算成熟合宜的洞穴，那么我要造访的去处也有大约二十亿处，以一年三百六十五天每天造访三处计算，抵达所有这些去处也需要一百八十四万六千四百八十四年。当我不间断地跋涉，越走越远，来到最后的洞穴门口，在一百八十四万六千四百八十四年之后，我最初拜访的那些洞穴早已在一百多万年前消失殆尽。而我面前的这个去处，这个我环绕整个星球终于来到它面前的洞穴，也早已经不认识我为何人了。

它从一百八十四万六千四百八十四年前的那个洞穴循环变化而来，却早已忘记曾经在一条大街上与我分享过同一个午后，那个午后的阳光不多也不少。我试着向它打招呼，表示问候，但这时候，我也不再记得一百八十四万六千四百八十四年前，它是潮湿还是干燥，是黝黑还是白皙的，是芬芳的还是带着河泥的腥味，是紧张激动还是慵懒淡漠的。我试着朝这最后的去处打一个招呼，因为过度的疲惫和晕眩，我预感到在这一个地方，我将彻底倒下，沉没其中，在她的阴影里回忆起所有的去处。

之二，七千二百具肉体／小时

无事莫去市中心。市中心是色情的。

——罗兰·巴特

室友小盆友去一国家科研机构实习，从同济大学所在的上海东北角坐地铁到这座城市的西南角，期间步行两段，换地铁一次，往返约耗时三小时。上下班高峰时间，以五步超越一个身位或被超越一个身位、每秒钟一步的速度计，一分钟越过十二个身位，一小时越过七百二十个身位。以与每个身位平行的同街行人有十个计，那就是步行一小时内他与七千二百人相遇。站立于地铁车厢内的约有五十人，可忽略不计。

一天内，他以几乎触碰可及的亲密距离遭遇了七千至八千个不同的身体。当然，与人类步调不一致，是遭遇不同人、让自己生活丰富的关键所在。

F. 人群与庆典

当年古希腊人非要把自己生活的国家限制为一个个的城邦，城邦一旦扩大，便分裂为新的城邦。看来，这其中是大有原因的。这个原因，在我收看了庆典之城的洲际运动会闭幕式之后，就更显而易见了。当闭幕式的焰火在整个江面上如暴雨般倾盆而下时，天空和江面都成了一种室内场景，成为一种人类机构可以控制和设计的场景。以人造空间来替代整个自然空间的结果或目的，便是人类越来越紧密地共同生活，或制造这种共同生活的幻觉。

法国人图尼埃尔曾经设想了一个纯粹自然的世界，一个鲁滨逊的世界。在那个空间，前和后，上和下，之前和之后，都将变得没有意义。鲁滨逊也最终彻底丧失了自己作为人类一员的身份，心都长成了一粒草芥，自生自灭，如同被插在土里的一根麦秆。人类意义上的世界，重要特征之一便是空间的公共化和组织化。这种组织化空间的战略意义之一便是，人开始变得似乎可以，或者真的可以和任何人在一起。换言之，城市往往给予我们这种许诺，在这里你可以遭遇或寻求到任何一个人。例如，在北京，人人都知道党中央就在中南海那一片办公，人民代表大会总是在人民大会堂召开，人民大会堂就在天安门的西侧，从你家坐个公交坐个地铁到天安门西，总是方便的。于是，你来到人民代表大会，遇到中国最高权力机关中的人民代表们，也总是方便而可行的，只是出门坐一趟车而已。城市中的公共生活，其发生地都在公交车的站牌上。住在这样的城市，为数不少的市民都为自己与最高权力比邻而居而感到自豪。

这就是平面展开的、公共的城市空间给予所有国民的许诺。水平展开的城市空间，是相对于上方与下界的垂直空间而言的。那些不住在城市里，而住在高高山头上的，不是中世纪欧洲古堡中的贵族，就是奥林匹斯山上的众神。他们生活的世界与民众之间有一种不可逾越的界限。任何企图越过这一界限，从地面进入到山头或古堡中的行为，都是一场针对权力的挑战。

在德意志联邦共和国把自己国家的最高权力机构——联邦议会装在一个全透明的玻璃壳里，让所有有兴趣的国民都能在外层阶梯上观看议员们的公开讨论之后，人类通过城市聚集并参与到国家生活中的进程已经到了一个相当成熟的阶段。而在电视与庆典之城，全世界城市化进程最为激烈壮观的地方，显然也正在上演一场最为热烈的城市生活。这城市的广场、体育馆和江面上颇为忙碌。年年月月都有大型活动在城市的中心空间展开，通过电视向市民、国民乃至全世界展现。这些巨型城市活动除了提升GDP（国内生产总值）之外，显然还有着一个更为严肃、更为深刻的目的——让上千万的市民天天都可以在电视上热热闹闹地看到这个国家在进行着各种集体生活。

这种国家生活的图景，通过电视，进入国民每个家庭的客厅甚至卧室，使得国家生活仿佛就是一种家庭生活本身。而电视所直播或转播的事件都发生在城市空间中，也令人几乎本能地产生那是一个自己可以轻易到达的地点的感觉。因此，洲际运动会、星球博览会这些巨型城市活动的开展，使得国家生活被建设成为国民潜意识中以为自己可进入的现场活动。当然，这个现场空间事实上永远都是有限的，数千万市民中的绝大部分，只是坐在自己客厅的沙发里看电视。睡眼惺忪之间，他们还往往分不清哪个频道放的是电影，哪个频道是现场直播。

当然，也有并不依赖于电视的人，他们要求直接去城市的现场。在庆典中，上百万的群众参加游行，扮演上百万游行的群众，以此表明庆典之城的伟大与光荣。他们几乎长得一模一样，全是从一条生产线走下来的。但说老实话，整个场面还是很宏大很感人的。但是，离开了电视机的若干群众尚未进入广场便被警察阻拦了。警察朝他们敬了个礼，和蔼可亲地说，这里可是现场表演的舞台区，不是演员的无关人士不许进入、不许围观，要看，赶紧回家看电视去吧。

在庆典之城，其实每一个观众也均为事先安排好的角色，不能脱离自己的角色设置，不能破坏导演安排的大局，这是庆典之城热烈狂欢时铁的纪律。如果不按照导演预设的台词张嘴说话，不按照预设的动作抬腿走步，那现场的主持人便会怒火攻心，hold不住。此时此刻，若你表情严肃，大义凛然的主持人便会诘问道："板着脸干吗？"若你面露微笑，问题便是："笑什么笑？有何可笑的？你为何露出这种放浪的笑？你在嘲笑在座的嘉宾和生你养你的祖国吗？"若你表情平淡，面部松弛，问题则是："如此冷淡，你有什么意见吗？你就不能笑一笑、生动一点吗？难道庆典之城不就是你的家吗？你心怀不满，准备背叛吗？”

总之，在庆典之城，尽管电视中天天播放着各色热烈、灿烂的庆典活动，但所有的妈妈都将自己的孩子绑在小板凳上。她们告诉自己的孩子，在这个世界上，做人要小心。别人不动，你也别动，别人不说，你也别说。听口令，做动作。不许动，乖。

王小柔 /

悦读会是个神奇的地方

有时，人生因噎需尽食。

噎，嗓子忽然被堵住，喘不上来气儿。嗓子眼是个脆弱的通道，似乎什么都能将它瞬间堵住，但我们时不时会被突如其来的情况弄得屏住呼吸，然后爆笑，这一口气只出不进也能被噎住。

有时候，被噎的状态就跟膀子脱臼似的，次数多了，自己就会给膀子上上环儿。噎住，咽口吐沫，稳定稳定情绪，日子照样兴高采烈地过，甚至，喜欢上了这被噎住的常态。

我总是觉得，人与人的联系其实不是必须的。而对于好朋友，我更希望我们一起能做些什么事，让心灵在嘈杂以外享受单纯的梦想，甚至利用我们的智慧能把很多梦想变成现实。当我们的内心被一本书、一段文字或者一些音符感动的时候，多么希望有你在，来分享。

我记得特别清楚，有天晚上自己抹了几把眼泪，不是因为委屈，是因为有这么好的几个人能在一起不问青红皂白地交出自己的空闲时间，交出自己的才华与热情，交出自己的精力，交出自己的银两，只为了让梦想更加纯粹和唯美。在我都快动摇的时候，几个人立刻围拢，搭成人墙，他们说，坚持住姐儿们，反正咱什么都不图。

很多人都不理解，我们为什么耽误着工夫非带着大人孩子一起“读书”，也不会有人知道一个简单的微电影背后是几个人彻夜未眠一针一针编辑的过程，不会有人知道每一次活动有多少复杂的环节需要落实，不会有人知道为一本书写出的一个剧本大家经历了多少次头脑风暴。所以，别人不理解辛苦背后的幸福。幸福来自：我们又上了一个新台阶，我们满足于把活动做得很成功。对于王小柔悦读会，这就够了，只要我们一直在往前走，就能感觉到远方。

感谢同行的伙伴，这才是最大的收获。

卸掉文艺范儿的浓妆，素面相对时，大家把骨子里的“二”发挥到极致了。我更愿意写写他们俗气的那面，因为实在可爱。

王小柔悦读会是个神奇的地方。

策划团队组建的时候一个个都特别文气，男的都戴眼镜，女的脖子上都缠着小丝巾，坐在一起也是双手捧着杯子眉头略皱，说话几乎都引经据典显得特别有文化。几个人的脑子跟被“百度知道”格式化了一样，只要你一提书名，立刻能给你说出作者、出版社、版次、书的大概内容以及作者的八卦身世。千万不能让几个人一起去书店，到那跟打劫一样，花钱不眨眼啊。不管怎么说，均为一心扑在读书上的人，杂七杂八的书只要有字都能看得进去记得住。

几位都老大不小的岁数，却跟文艺青年一样，时不时就把“理想”“梦想”挂在嘴边，这些字眼儿像奶嘴儿一样被我们叼着，弄得身边的人都特别困惑，经常说：“成天耽误着时间干点什么不能挣钱？也就你们不挣钱还往里搭钱自己哄自己玩。说好听了，你们就是神仙；说得不好听，你们就是一群神经病。”搁一般人怎么也得郁闷会儿，但悦读会的人个个内心强大，全跟艺术家转世似的，不在乎别人说什么，就愿意凑一块儿写方案、拍视频、配乐编片子、组织推广各种读书活动。

当个体的读书行为变成群体活动以后，需要策划团队利用大量的业余时间进行创作，把一本书演出来。所以，策划会很必要。大家平时要上班，所以策划会一般都在晚上七点以后开。开会是让人上瘾的，因为开场永远先扯闲白儿，而且越扯越远，越远越拉不回来了。男的把没度数的眼镜框子都扔家里了，女的再也不围小丝巾了，逐渐原形毕露。

场记：鸡翅哥

鸡翅哥是特别敬业的场记。我们开会说嘛，他一般很沉默，发报员一样先鼓捣会儿手机，就算插嘴，永远都说不到点儿上。一般他开口前先有动作，举起右手，五指并拢，跟切菜似的往下一落，同时说："我拦你一句。我说句题外话啊！"所以，一年多来，鸡翅哥开会时说的一般都是跟主题毫不沾边的"题外话"。

鸡翅哥也不怎么顺着大家的思路想，经常在我们把一张白纸画得乱七八糟思维逐渐上了正道儿的时候，鸡翅哥突然一嗓子："都抬头，往这看！笑一个！"然后，也不管你们在讨论什么正经事（当然，在他眼里，我们似乎也没嘛正经事），立刻一对儿小胖手伸到你面前，同时拿胳膊肘碰碰身边的人："看你这样儿，多哏儿！"然后自顾自地哈哈笑起来。而且给你看完了还不行，得给所有人挨个播放一遍。鸡翅哥就像一只鼹鼠，突然就打地里钻出来了，举着相机一通拍，然后又遁地而去。最绝的是，他那随身携带的卡片机里随时能调出八百年前大家的窘态，此人绝对有狗仔队的潜质。

在熟了之后，才知道鸡翅哥是大夫，是男科大夫，是做那种手术的男科大夫。我们集体严禁他在饭口的时候给我们讲他的工作轶事以及职业技能，但这位爱吃鸡翅的爷经常非常自豪地在我们吃饭的时候讲点让大家倒胃、倍儿腻味人的患者故事。

鸡翅哥是个有艺术追求的人。别看他白天致力于那样的工种，人家每天晚上怀揣着音乐场馆的 VIP 票，得坐头排，什么室内乐、交响乐、芭蕾舞，哪个地儿演什么，什么演出团体，票价各级价位他全都门儿清，跟资深票贩子似的。但他真亲临现场。这几乎是参加悦读会以外他最热衷的活动。

鸡翅哥喜欢骑个自行车满世界跑，却一点儿都不见瘦，身上的肉还是那么瓷实。交通工具是鸡翅哥最稀罕的物件，一辆破自行车跟了他多半辈子，无论是去五星级酒店还是去音乐厅，他第一句问的永远是："有地儿存车吗？能存到几点？"你要再翻翻他的腰带、口袋，除了夜行辟邪用的银元，腰间还有葫芦、挖耳勺、玉佩等等，在裤口袋里还装着只蝈蝈，时不时就发出盛夏的歌唱。估计蝈蝈也奇怪，怎么总那么热乎。后来据说蝈蝈死了，鸡翅哥说是自然死亡，他认为能活一两个月的虫子已经达到寿命极限了。但我们都认为是被这个矮胖子捂死的，成天在他裤口袋里不见天日，还用汗味儿沤着，别说蝈蝈，金刚钻都情愿粉身碎骨。

每个人都是长不大的孩子。鸡翅哥的"长不大"体现在吃饭上。甭管是吃西餐还是中餐，甭管是吃面条还是米饭，只要是往嘴里进的，他一定得在嘴边留点儿。这种点缀估计是鸡翅哥情不自禁的，每次都是我们实在看不下去了，抽出一张餐巾纸重重地拍在他面前，并恶狠狠地嚷道："您能擦擦您那张嘴吗！"鸡翅哥赶紧惶恐地胡乱在嘴上抹抹，一副受了惊吓的样子。但下回吃饭，他一样得在嘴边留点痕迹，让你一眼就能知道他刚吃了什么。于是，很多饭局上，还没上菜的时候，我们就得把整包餐巾纸推到鸡翅哥面前，并抽出一张，给他备着。

鸡翅哥喜欢穿呢子大衣和必须打格儿、有横竖条纹的衬衣，他经常戴顶伪军帽，配黑皮鞋，斜挎着复古棕色皮包。最妙的是，衬衣永远扎在裤腰带里，而最抢眼的裤腰带是一条血红色的大板儿带，纯皮的。无论他在哪儿出现，皮带就跟大马路上的红灯一样，特别醒目。

鸡翅哥也许因为是大夫，所以对自己的要求非常严格。他给自己规定每天必须看四十页专业书籍以提高业务水平。要搁我们这些三天打鱼两天晒网的主儿，肯定坚持不下来，但他还真行。无论我们的策划会开到什么分上，无论我们是在吃着还是喝着，鸡翅哥在完成了自己的偷拍任务后，突然"拦你一句"，他说得回家念书了，然后绝尘而去。在无数个他不在场的策划会上，我们用了很多闲白儿时间想念他。

因为有了神奇的土壤，所以更焕发出每个人骨子里的"神经"。鸡翅哥，其实只是冰山的一角。

媒介：肉松

我不知道为什么她要给自己起个名字叫肉松，难道这是描述身材的？不但有肉，且肉还松？

第一次在悦读会见到肉松的时候，她给我扔下一张画着大头小身子图画的纸，说画的是我，然后扬言得上班，走了。那张画最后让出版社的编辑收藏了，大概觉得留在我手里也是添堵。

肉松是悦读会第一个志愿者，之后参与的众多人等可以说都是由她开枝散叶。从当年她只领导鸡翅哥一个人，到现在成为二十多万粉丝的管理者，她无比自豪。肉松经常在家里发表各种关于人生理想的演说，动情之处还得泪湿衣襟一下。大概演讲的次数太多了，有一回她的亲戚突然接了一句：“人家一说都是挣了二十万块钱，你满嘴是二十万粉丝，粉丝那玩意儿有嘛用？”这种问题，是一问一扬顶的问题，太尖锐了。

能让肉松高兴的事特别简单，比如商场打折，买衣服特合适，比如在哪个饭馆吃饭人家多给了张优惠券，比如她每天发的悦读会晨语被百十来号人转发了，比如谁又想加入志愿者了，比如我们的活动得到好评了，等等，她都笑得很知足。也因为满足来得太简单，她一天天地胖了起来。

她的不高兴也来得很简单，比如谁问“你有了吗？”，这简直就是在捅她的肺管子。肉松成天说：“跟你们这帮人混，哪有时间要孩子啊！”我们成计划生育委员会了。其实，我们特别盼望她能从无到有，省得一吃饭她就点鱼子，弄得大家看哪儿都是复数。

肉松是个非常有执行力的好同学，执行力强到大家还没作任何决定的时候，她已经依照自己的想法去执行了。最有力的证据是一幅二米乘三米的喷绘画。当时大概是我说了一句得创造一个好的悦读会氛围，她就在网上找了这幅画：一女的，披头散发沉在水里，还睁着茫然的眼睛直视着你，身边除了逐渐漂浮起来的垃圾、水草、水生物，还有很多书。也不知道这绝望的画是表现什么的，反正触动了肉松的艺术神经，自己花钱就给喷出了这张巨幅海报，谁看谁觉得瘆得慌。一分钟都没摆，浓郁的塑料味儿都没散尽就被掖没影了，让这诡异的眼神儿永世不得超生。

肉松喜欢戴深色塑料镜框的眼镜。作为打小戴眼镜的人，她深知板材镜框几乎隔几天就要调试一下，因为非常容易变形，镜框松动之后眼镜在鼻梁上是待不住的，一直能滑到鼻尖。但肉松肯定没做好眼镜的保养，因为所有的照片里她深邃的眼神都被眼镜框子的边儿给挡上了，故出来的效果眼睛都是一条横线，加上眉毛，一边一个等号儿。

坚韧不拔、不见兔子不撒鹰是肉松的优秀品质。在我们对某件事一致表示无奈和退缩的时候，她一推深色框眼镜，脸一耷拉，盯着你问："为嘛呢？怎么就不行了？""我就是不明白！"很多时候，我们在她的质问中大眼瞪小眼地又多吃了很多主食，自己噎自己。但也正是因为她的性格特质，很好地包容了所有人，甚至唱完黑脸唱白脸，把看似不可能的事一一办成。

我极力推举肉松为工会主席，因为她太爱张罗事了。无论什么场合，也要把悦读会里的孤男寡女往一块介绍，而且在那些自视清高的男男女女谁都看不上谁的情况下，她要举着酒杯对俩人说："谁都找不着下家，干脆彼此搭把手儿，凑活一下得了。"很少有这样义薄云天靠意气用事来解决终身大事的。所以，她看好的几对儿，都不成双。而视线之外的，却真有牵手成功的。人家给她打电话问能不能在悦读会活动的最后留点时间，他们想在这个熟悉的地方举行个求婚仪式。肉松给美的，就差给人家张罗酒席了。我及时拉住她："悦读会还是以推荐好书为主，婚庆业务暂不开展！"

设计：兽医

因为扮演了我书里的一个角色，兽医成了韩亮的曾用名，而且就这么给叫起来了。

兽医是策划团队里的万金油，抹到哪个环节都能推进运转。他的主项是设计，而且至今没有能难住他的活儿。开始的时候我还问问什么什么你懂吗、能弄吗，他则特痛快地答：“嘛懂不懂、会不会的。来吧！”所以，书的封面、内文装帧、拍高清电影、选音乐、朗诵、演戏，不停地把他逼到艺术的极限。有一次，我让他写篇新闻稿。他还真急了，立刻打过来电话说：“姐姐，这个我真不会。”我说：“不会？学去！半小时以后要。”挂了电话，半小时后，我邮箱里真的有了一篇稿子。

兽医高大威猛，因为他经常是下班后直接跟我们会合，所以总是西装革履还戴着领带出现在饭馆里。临走，总是他主动承担拎重包的责任，还有什么掀门帘子、开车门等等。反正跟他在一块儿，你俨然就是黑社会老大了。

兽医很文艺，他喜欢收藏黑胶唱片、听留声机，还喜欢玩单反相机。有一回他过生日，肉松问送什么礼物，我说“投其所好呗”。肉松很严肃地说：“他爱好的太贵。”我一扫定价儿，也吓了一跳，兽医成天念叨的一款新出的单反相机光机身就三万多。咱也不能提前买断他这辈子的生日，过一回就甭想下次了。最后还是打网上买了个留声机送他，据说他成天听着靡靡之音设计艺术品。

每个人的生命里都蕴藏着无尽的能量，而我就起到了榨汁机的作用，把他们的能量都给提炼出来了。令牌一扔：拍个微电影吧。这之前连我在内，大家只看过电影，拍电影的事还是打电视娱乐频道里瞄过几眼凤毛麟角。可作为悦读会一员，我们的团队精神就是“胆大心细脸皮厚”，本着锻炼自己的企图，没第一次哪来第二回。由肉松纠集了一帮一伙，取景开拍，兽医掌机。因为拍的片子要在电影院放，所以要求设备必须是高清的。没钱有没钱的解决办法，反正兽医不缺单反相机，各个机位支起来的都是这东西，再加上反光板、收声器等等，还挺像那么回事。这群人走到哪儿都有人围观，以为多大牌一剧组呢。

我是电影即将杀青的时候去探班的。我特别欣慰地仰脸问兽医："你们剧本谁写的啊？"兽医俯视着我，一皱眉："剧本？嘛剧本？还用写剧本？"我特惊讶："那演员怎么知道什么时候自己演什么、说什么？"兽医"哦"了一下，打西服口袋里掏出一张皱皱巴巴的餐巾纸，上面还有星巴克的 logo。他用几根粗手指头把纸打开一折，上面一堆儿一堆儿画着几个小人儿，特别幼稚的漫画。我问："这是嘛？"他说："这就是你要的剧本！"我顿时要咬舌自尽。

兽医说："我就把几个场景想了一下，画了几个画，每组表达一个故事，然后让演员看画，给他们讲需要的表情、语气、动作。他们都特明白，演得不错！"幸亏我们的演员都来自基层，打小就在学校话剧团锻炼，沾染着八仙过海百毒不侵的气质。众人乡土气息浓郁，也不在乎剧本不剧本的，只要能演戏，能在艺术舞台上展露才华，就成！

就是这么一张在四分之一张餐巾纸上画的几个小人儿演绎出的剧情，首映典礼的时候让很多观众泪湿衣襟。不是因为看电影的人眼眶子浅，是因为那几个小人儿要表达的东西一下触及了人内心最脆弱的部分。

策划：冯冬笋

冯冬笋是个悲观的人，他的失落来得特别快。针对他的情绪起伏，我们经常要突击开会，集体给他打鸡血，让他重新回到对艺术亢奋的情绪里来。事实证明，还真成功。

在团队里，看书最多的就是他，而且经常一本书能看好几遍。据他自己说，他买书也跟批发似的一买一堆，然后送给身边的人。

但我从来没受过他藏书的恩泽，倒搭进去不少。回回几个人组团来我们家就跟打劫一样，不抱点儿书走心里没着没落特别不踏实。而且集体开车来，能多拿就多拿，出手少了不上算。而我每次跟盘库一样，与同样喜欢书的人分享书，简直像菜地里的菜就愿意让亲戚朋友拿似的，高兴得心甘情愿。

冯冬笋是团队的管理者，谁犯了错误都可以赖在他身上，而他对众人的指责也无怨无悔。这位很有包容心的好同志最大的特点就是对私有物品大大咧咧，我们亲眼目睹着他从容地丢着各种各样的物件——单反相机的闪光灯、相机架、移动硬盘、U 盘、PSP 等。最可气的是，他的车被小偷连撬三次还不长记性，依然故我地把包扔在车里，于是，两个存储着悦读会大量资料的笔记本电脑丢了。后来，他拿着打淘宝上新买的一个工程用电脑跟我们显摆："看这大屏幕多爽，再做高清电影这个速度绝对快。我打算再买俩，备着！丢去，咱就是有！"这不是要发疯吗？

他从来不为自己稀里马虎丢东西而自责，但他承认自己人品有问题。他拿着我的高清摄像机去拍素材，我平时用充电器都好好的，到他手里，往电门上一插，砰的一声，一股塑料的焦味儿出来了，充电器愣给憋了。我觉得他都不能赶下雨天出门了，不定什么时候会打雷。

冯冬笋是个闷骚的哲学家，仗着自己记性好，经常口若悬河地往我们耳朵里灌点儿外国味儿的术语，弄得我们一边哑口无言地鄙视他，一边云里雾里地崇拜他。当然，我们对他的敬仰最多一顿饭的工夫，吃完就忘。

我一直弄不明白为什么他的状态永远像睡不醒，电话一接通，那个长长的"喂——"带着一股困劲儿，让你都懒得跟他说话了。而且他迷迷糊糊的状态还表现在开车上，车跟着他真是够点儿背的。车开起来倒没听说出过什么事，事儿都出在起步、停车上，不是撞了人家停得好好的车，就是撞了墙，生活里的冯冬笋总是在修车。但就是这样一个司机，回回策划会完毕都主动承担着“发小班车”的任务。无论多晚，无论多折腾，他都会一个一个把大家安全送回家。

很多人喜欢冯冬笋的朗读，因为无论多深沉的文章，无论多唯美的感觉，他都能给你念成哄孩子味儿的，拿腔拿调细声细气，中间要遇到不认识的字还磕磕绊绊。但即便是这样，他还是无比热爱舞台。没有机会，给自己创造机会也要上！以前冯冬笋一直负责幕后工作，从选书、写剧本、找演员，到安排流程，都是他做。有几次人手不够让他参与了台上主讲后，冯冬笋说话的瘾给勾起来了。现在想捂住他的嘴，拦都拦不住了。

我们：去时尚派对走红毯

铜版纸杂志的年度庆典，邀请王小柔悦读会的策划团队去参加，因为要颁给我们几个奖项。团队的人接到邀请函后非常当个事，可我最怵的就是这种活动——要求女的穿晚礼服。北京经常有类似的活动发来邀请函，但我认为那些人在发邀请函之前压根不知道我是不是有正经工作。咱过日子的人哪有那种露肩膀、一走路生怕礼服下摆把自己绊个跟头的行头啊。咱又不想混入娱乐圈，打扮成这样实在出乎自己的想象，所以我从来不参加这种活动。可这回不行，一句“你不去我们就没领队了”把我噎住了。为了集体，把心一横，为了成全他们的好奇心，豁出去了。

于是穿什么成了我们的难题。

我问了，组委会有晚礼服，人家可以提供，但如果人长得太胖就没办法塞进去了。肉松说，提供的晚礼服不能穿。我问为什么，是不是怕旁边人把我大下摆踩了还得赔人家衣服。肉松特有根地说："你扛不到被踩的时候。那种衣服，全靠拿胸支撑着。咱平时也没经受过这种光膀子走红毯的训练，万一胸挺不起来，走两步，没准晚礼服自己就掉了，再把胸罩带下去，简直惨了。"说得跟她出过这种洋相似的。经她这么一吓唬，我立刻绝了穿晚礼服的念头。

鸡翅哥去首都买西装了，他那么高端的人，在本土买衣服显不出身份，怎么也得去燕莎看看行情，哪怕再回来跟大胡同里的比比呢。因为我们走红毯的时候正是在冬日的三九里，所以鸡翅哥只有一个要求：必须在户外戴帽子穿棉皮鞋。他妈妈说了，三九天穿少了到老得落病。但肉松一口咬死，鸡翅哥必须穿尖头皮鞋，且不许戴伪军帽。这可让他犯了难，一边是友情一边是亲情，一边是棉皮鞋一边是尖头皮鞋。

为了让工会主席肉松允许其参加活动，鸡翅哥特意配了一副显得特别有学问的黑边眼镜，以为多戴个眼镜我们就能把棉皮鞋的事给忘了。好不容易大家允许他跟我们穿不同风格的服装，可以骑自行车，可以带蝈蝈，只要他去就行，可鸡翅哥却说自己拉肚子了。当天他接了我们很多电话，都说自己在厕所里，想用这个场所把我们的嘴堵上。于是他无比遗憾地缺席了那天特别无厘头的颁奖典礼，以至于他至今都后悔无比。

兽医浑身闪着光就来了，他的西装直晃我眼，料子里全是金线啊！那范儿特像参加拉丁舞大赛的，乍乍着膀子，俩胳膊根儿都跟量着血压似的，绷得袖子都快开了。该人通体全黑，还戴了黑边眼镜框，没片儿！

再瞧冯冬笋，特意去买了春款西装，浅灰色的，潜藏着暗竖条纹。他又打包里掏了个什么东西，背冲着我们，忽然转过身，用手捋了一下三七开的头发说：“你们看，怎么样？”哎哟，戴上金丝边眼镜了，跟地主家的大少爷似的，里面的嫩粉衬衣呦，怎么看怎么欠抽。

俩人坐在人家肉松家的大沙发里互相评判彼此的装束，这时候，肉松跟幼儿园阿姨似的招呼俩人进卫生间，指着男用洗面奶和磨砂膏说，“你们多用点这个，我们家的快过期了，赶紧打扫了。”俩人倒听话，长那么大还没用过美容的东西呢。反正不是自己家的不心疼，互相挤，少了再给补点儿，洗得特别高兴。俩人抚摸着脸就出来了，白白嫩嫩。兽医说：“我这脸，可算摸出滑溜来了。”

当他们又坐回沙发里，肉松举着个牙膏袋状的东西出来了：“都仰脸待着！给你们做个面膜。”冯冬笋说：“你们家这个也快过期了吧！”肉松一把拍在他脸上：“少废话！”革命般的战友情，就体现在面膜上了，欧莱雅全便宜他们了。

最后轮到我。我被带到书房，单人床上那一堆衣服，上身下身已经搭配好了，肉松说那些都是她穿不下的衣服。我其实已经把我最性感的衣服穿来了，但他们都认为太保守，哪儿都没露，这样的装束不标新立异的话会成为时尚派对的笑话。我只好按照服装助理的要求，每换一身就拉开门，大喊：“哎，你们俩醒醒，看看我这身行吗？”俩做着面膜的大白脸翻翻眼睛说“换！”，我就得再去试下一套。清纯的、妖娆的、复古的、白领的，一一被各种理由否决了，挤兑得肉松把箱子底儿都翻出来了。最后她一拍大腿：“我觉得你吧，不能跟别的女的比惊艳，得靠特殊取舍。”我心直哆嗦：“你是说，我得打扮得特奇怪出现吗？”她没接茬儿，继续翻箱倒柜，然后拎着一条毛料裤子扔我面前：“试这个！”我左右比划，看不出是围裙，是裤子，还是裙子。她说：“这是打香港买的，限量版！电影明星穿过。”我也挺高兴，倒不是因为裤子，是因为料子，厚啊，不冷！我把这款一条腿儿特粗一条腿儿特细、裤裆一直耷拉到脚面的毛料裤穿上，虽然露不出嘛，但还是穿了条紫色的高筒袜，就当勒肚子用。上面穿了件薄得近乎透明的非常肥大的铅灰色短袖毛衫，当然里面有吊带儿。好在，我长了一张温和善良的脸，这么不着调的衣服衬得整个人也怪异地知性起来。

我们集体出门。冯冬笋开着他那辆成天拉货的轿车。我们坐下前得先把座上的电线、说明书、电池什么的挪地方，身子进去了脚还得旋着，把脚下的东西清理后才有个放鞋的地儿。我们就是这样奔赴走红毯的地方的。

约好的团队其他人在门口等我们，直到我们走到她面前，该女子还两眼直勾勾远望呢。我喊了她名字后，她突然捂嘴大叫：“哎呀！你们怎么都变这样了？”我心里说，我们就是来比拼稀奇古怪的。

在化妆间化妆的时候，不停有人扶耳禀报“在过道又发现一个奇异的人”，弄得我心里怪痒痒的。终于可以顶着一脑袋风华绝代的大波浪到处闲逛的时候，突然碰见一个熟人，没来得及藏人家就把我认出来了。在赞美完我的形象后，特别善意地俯下身为我拉裤腿儿。我很不好意思地搀住她：“我裤腿儿就这样，一高一低，特别设计的。”人家满脸狐疑地停止了好心。

终于，走红毯的时刻到了。我发现我手上没东西，悦读会的人及时发扬团队精神，有人很仗义地把自己的钱包塞在我手里。钱包是黑色的，亮面，很大气。我二话没说拿在手里，挎着身边人就出发了。

在屋里冻得我直哆嗦，这一上大奔，开了没十米就让下来。

还真有红毯。因为天太黑，也不知道什么质地，是不是跟我们单位每到下雨的时候铺地上让大家蹭鞋的一样，反正围观的人还真多。这么冷的天，怎么那么多闲人呢，还都拿着相机。走了大约五十米，这一路全是闪光灯啊，立马露在外面的大胳膊就不觉得冷了，满脑子想的都是潘婷洗发水的广告，而且，笑得特别得体。

可算收了队，大家又在大厅里见了面。几个人去拿香槟，互相碰着，真跟那么回事似的。然后到处挤眼儿，人堆儿里除了大把的熟人，就是男扮女装的美人儿，这大概是个潮流。我们看得眼都忙不过来了。

大家洗尽铅华后，把塞了无数广告单的手提袋放进了垃圾箱，哄笑着进了肯德基，喝着热豆浆碰着杯，庆祝我们的“时尚派对行”终于结束，大家可以把不合脚的水晶鞋都脱下来了。

有时，人生因噎需尽食。

杨树鹏 /

破碎的阳光

1

我出生时天无异象。陕西宝鸡的街头有男男女女游行，庆祝青年节；大洋彼岸，四个美国大学生因为抗议美国的东南亚政策，被国民警卫队士兵打死。几个月之后，我跟着父母迁往甘肃，并在甘肃住了十几年，一直到我自己选择离开。

从1980年到1990年，从我十岁到二十岁，十年间，阳光夺目，青春暴烈。

2

整个20世纪80年代，中国充满各种奇异的际遇。前端是改革发轫，反思寻根；末端是人心浮躁，世事浇漓；中间，像一座高山一样耸立着八五新潮，正是它，把我变成了现在这个样子。

那年我背着书包，站在甘肃长庆一中初二年级的门前。我从外地转学至此，那个地方更小，而庆阳——这个有十字街的县城，俨然是个大城市。初二年级竟然有八个班，每个班都有那么多鲜活的少女，发出尖叫，在走廊里奔跑。阳光照射在她们的裙子和辫子上，让我瞠目结舌。我发愣的时候，我身边站着的老三也在发愣。他跟我长得很像，也是从小地方转学来的。我们俩一起发了一会儿愣，被好心的美少女叫进教室坐下。我记得就在那个下午，我的青春期咣当一声，开始了。

两年之后，我和老三已经成了铁哥儿们，上学在一起，放学也在一起，除了睡觉，我们总是待在一起，我们有说不完的话。尖叫着的美少女们已成惯常的风景，有个别闯进心田。但这个姓陈的美少女完全没有眼光，竟然看不出我是一个有追求的青年，于是就此别过。1985 年，我没有考上高中，也没有考上中专，摆在我面前的只有一条道路——修改自己的年龄，去当一名消防员。决定去当消防员的那天晚上，我和老三伙同几个哥儿们，在一家小饭馆撮了一顿，耗资人民币十五元。有酒有菜，一瓶白葡萄酒，弄得五个少年都有些微醺。回家路上秋雨绵绵，我们头发和外套湿漉漉的，心中充满强说愁的忧伤。

与此同时，在那些遥远的地方，大城市，文艺青年们正在用绘画、诗歌和小说改变着世界。我们并不知道。我们刚刚学会打架，还打得不怎么老练。我们还没有诗歌，只有无名怒火。

3

我们的无名怒火完全是封闭的小县城和动荡的青春期造成的。我们那个小地方，盛产无所事事的街头少年。他们发型怪异，举止孟浪，看见少女就吹口哨，看见不忿的男子，就上去暴揍一顿。一切都乱哄哄的，没有来由。街头经常扬起一阵尘土，一帮少年就滚打在一起，一会儿就有一个血人从人群中冲出来，一道烟跑远。我攒下零用钱，去邮局买最新的一期《诗刊》，不是为了看诗歌，而是为了看一个大眼睛的姐姐。不知道为什么，这个大眼睛的姐姐显得忧郁，坐在一个不起眼的角落，售卖各种期刊。我通常买《诗刊》《大众电影》这两种。大眼睛姐姐告诉我，《诗刊》每次只进三本，买它的人很固定，一个是我，另一个是医院的宣传干事兼诗人，第三个是图书馆的主任兼诗人。我为此又害羞又骄傲，一个十几岁的娃娃，用《诗刊》装样子，实在让人不知道说些什么好。我买了一年《诗刊》之后，突然很想写诗。就在此时，我修改了年龄，将要当一名消防员。在秋雨绵绵的夜晚，老三和朋友们为我送行。第二天，我前往一百公里之外的消防队报到，接受集训。

4

我的诗歌之路，和我在消防员生涯里遭受的磨难紧密相连。我年方十五岁半，却冒充一个十八岁青年，体力和心理状态明显跟不上。新兵集训的第三天，我就摔倒在训练场上，脚踝严重受伤，迅速肿起。我被班长赵春元背回宿舍，只养了三天就返回训练场，左脚因此留下隐患，不能坐火车，不能长途步行。这算不算青春留下的印记之一我不太清楚，青春给我留下太多印记，随便一抓一大把——伤口和文身，诗歌和记忆。

在整个集训期，我脑子里想的只有一件事：熬过去。六个月实在漫长，冬天白雪皑皑，我们在清晨出操跑步，跑着跑着我居然睡着了，跑出了队列。中队长对我处以体罚——接着跑。那个早晨我一直在操场上跑步，战友们都在排队打早饭，我却一身战斗服，丁零当啷匡吃匡吃，在铺满白雪的操场上跑个不停，备感耻辱，诗情荡漾——这些事儿促使我写下一些句子，相当幼齿，我到死都不会将它们公布。

另一件事情直接促使我写作。集训结束后，我被抽调去整理支队仓库。这不是什么了不起的光荣，就是中队长随手一指——你，你，还有你，去吧。于是我跟随车辆，来到支队。每天在仓库，将左边架子上的装备倒腾到右边，将右边架子上的装备倒腾到左边。倒腾了两天，我发现墙角堆着一大堆稿纸和文具，杀心顿起，抓起稿纸和钢笔就塞进大衣里。没有原因，就是想带走它们。同去的战友见我真没拿自己当外人，也纷纷下手，钢盔、皮靴、皮带、军衬衣、军绒衣、手套、袜子、大裤衩子——不一而足，大家塞得浑身不透气，塞得像一群大象，蹒跚着走出仓库。当时就被抓个正着，人赃俱获，抵赖不能。支队长老王相当生气，劈头盖脸一顿臭骂，溜达到我面前，看我脚下堆着的是钢笔墨水稿纸，有几分惊讶，问我，你偷这个干吗？

我说，我想写小说。

老王很感慨，当时就把我给放了。

5

为了不辜负这些稿纸，我开始写作。那个时候，20 世纪 80 年代中期，文学青年比文学还多，就像有一个时期倒钢材的比钢材都多一样。我遇到了凌云，光看这个笔名，你就知道这人有多么乡土。这个人确实比较乡土，但他写诗，写的是那种朦胧诗。他借给我两本书，一本是普希金的，一本是波德莱尔的。我只看了一页普希金就受不了啦，浑身都是鸡皮疙瘩。我相信，这是翻译的问题，说不定俄文的普希金要好看得多。翻译害人，就像庸医杀人，毁掉了我心目中的普希金，于是我只能照着波德莱尔的道路前进。

凌云戴着一个黑框眼镜，职业是油井数据的测量技术员，住在一个阴森森的实验楼里。我常常擅离执勤岗位，跑去找他聊天。他读我的诗歌，并作出评判。有一年，甘肃最有名的文学刊物《飞天》派了两个编辑来我们那儿组稿。编辑们邀请了一批文学青年参加讨论，我不在受邀之列，因为我是个消防队的小混混，没人知道我在写诗。但是凌云这个人比较厚道，他把我的诗歌也送去，编辑们从大堆稿件里将我的诗歌抽出来，问，杨树鹏是哪位？

凌云说，他没有来。

编辑说，这一大堆诗歌里，最好的是他的诗歌，我们要见见他。

我的诗歌在《飞天》上发表，支队长老王很高兴，一脸先知先觉地说，你看你看，我就说了嘛，这小子，行。

这件事算给大老粗形象的消防队伍露了脸，我因为“有文化”，被提升为防火参谋，每天夹着一个黑色的文件夹，去各个单位检查。但我其时青春正浓，察觉到世界正在变化，为自己毫无办法而苦恼。

6

春天，我穿着衬衣，叼着烟站在深圳街头。我不但写诗，也开始打架，不但打架，还偷偷去了南方，接受了改革开放春风的吹拂。我第一次到广州，看到巨大的健力宝广告牌；第一次到深圳，看到更巨大的万宝路广告牌。第一次抽进口香烟、喝可口可乐、听广东劲歌。我看到满街的人穿着牛仔裤忙个不停，无数大厦在拔地而起，心里产生了焦虑。我深感时代变化，却无力参与。与此同时，文学扑面而来，那种老旧的不合时宜的写作已经被苏童、叶兆言和余华等人撕开一个口子，文风为之一改。电影方面，《红高粱》《黄土地》也头角峥嵘。我在电影院看了两遍《红高粱》，深深地被这个电影吸引，内心相当蠢动，产生了为电影做点什么的冲动。

然而我仍必须回到消防队，继续做一个无所事事的消防员，仍然被中队长和班长当做不服从管理的人对待。他们很厌憎我不安分于自己的工作岗位、每天写写画画想入非非的状态，我也很厌憎他们蝇营狗苟被体制修整成一个豆腐块的样子。我这种吊儿郎当的态度，被他们以各种借口惩罚，惩罚手段包括发派去烧锅炉、评小黑花——我一直觉得管理成年人像管理幼稚园一样用什么小红花小黑花这种做法十分幼稚，因之抵触得厉害，也就成为得小黑花最多的人。那一段时间我无比焦躁，试图参与到正在发生的巨大变革之中。然而闭塞的小县城在阻挡我这么做，我已经决心离开。

7

到了这个时候，我基本上还是个愣头青，除了打架，就是写诗和看小说。最奇妙的场景就是，当地的混混走进我的宿舍，被我床头堆着的书搞得很是困惑，他们无法将读书的我和打架的我联系在一起。我自己也很困惑，跟他们一样。我不知道为什么要读书，也不知道为什么要打架，这一切所为何来？我一点都想不清楚。有一个混混，拿着《百年孤独》问我，这书好看么？我说好看啊。

他把这本书借走了。过了很久之后，他对我说，看不懂，但是挺好看的。

这就是我十九岁的生活状态，每天都在看书，越来越不适应被约束被管理。我态度倨傲，但内心孤独地在一个铁一样的营盘里晃悠。直到有一天，我又想出去旅行了。

我去了北京，正好是五月，街头沸腾，人心也沸腾。

六月，从北京回来之后，我写了一个电影剧本，叫作《劫数》。这个剧本写得很糟糕，写到一半就写不下去了，因为没有什么故事可讲了。

我们是没有故事的一代，想讲的话，始终闪烁其词。

8

二十岁转眼来临。我用来纪念二十岁生日的举动，是结束我的消防员生涯。我已经做了四年消防员，第一次出火警的时候，因为同车的战友过于激动，一把将我从消防车上推了下来，我吧唧一声倒在火场前，围观群众爆发出善意的哄笑。我老羞成怒地爬起来，整理好钢盔，消失在同样装束的战友群中。第一次救火就像初恋，总是记得很清楚——我冲进火场，铺设水带，眼角不时掠过那些围观群众，希望从中发现敬佩的目光。四年，我救了十几次火，抗了好几次洪，打过好几次架，用军装换过好几次西瓜吃；我恋爱，失恋，写出诗句，再把它们忘记。

作出决定的时候天无异象，20世纪90年代，某个平常的早春，下着鹅毛大雪，我穿好皮衣，背着一个小包包就离开了。耳机里轰响着摇滚乐，我踏着积雪，走向未知的、全新的生活。

张 航 / # 像诗那样活着的阿垅

我最爱七月派诗人阿垅，不是因为他的诗极好，他的现代诗不多，完美的更少。我爱他是因为他像诗的要求那样活着。

阿垅没名气，但我听说他后就对他好奇。那是在大学的现代文学课，马俊山先生讲到阿垅，讲了什么我不记得，只记得反复说他好，感叹欷歔一节课。（后来我发现，凡他感叹欷歔的，都是对我胃口的异类，比如殷夫和白薇。）但除了那首“要开作一枝白色花”的《无题》，我在哪儿都找不到他几首别的诗。搞朗诵会，我提阿垅，但我找不到他别的好诗。我就好奇，一直记着。几年后，在书店我一看到新出的《阿垅诗文集》，就按定价买下。

我读他的诗，看到一些句子，一边证实了我的预感——一个激烈而纯洁的灵魂；一边又遗憾，他的诗像艾青那样不事修饰，尽管浓度更高。使这一点更不必受追究。我当时的感觉是，他基本没有系统地学习过现代主义，也没有掌握现代技巧，他们的这位首领像别的七月派诗人那样，能用最简单直白的句子写而写得有诗意，但同时也在很多地方显得感情强盛、极想写却缺乏手段，没有写好。七月派中最好的几个是真正的诗人。这与同在 20 世纪 40 年代的九叶诗人相反，九叶诗人懂得方法，主要是象征和新批评的，但有时过于依凭方法，略嫌个性不足。假如这两条线路继续发展且汇合，那就好了。可惜中断了。

阿垅的悼亡长诗让我惊讶。仅节选了第一、第三部分，就有三十多页。然而遗憾这样的节选，没有选全！这是一沓疾书而下、随后便搁置起来、似乎再没有被看过的草稿。从诗和附记，我隐约还原了故事。他爱上一个年轻女人，和她结婚。她是腿有残疾并因此有着痛苦经历的女人，是陀思妥耶夫斯基的爱读者。阿垅是国民党军官，又为共产党暗送情报，实际上是个间谍。因为身份，他不能回家，他写的信被拆检，到不了她那里。当他有预感，赶回去的时候，妻子已自杀。可能她是因为绝望，不能控制对爱的忧虑。诗中还隐晦地提到另一个男人，似乎她的死也与之有关，但更具体的就无法知道。

我为他痛惜，又不解又好奇。他有自己所爱的人的时候，仍选择为政治冒险。我不愿意他这样，也可惜他因此没有写好该写的诗。我需要找到深层的解释，于是继续读他的文字。

我发现，第一点，他有一种要求：必须斗争地活着。从他的文字中我可历数他参加过的战役，如上海闸北的七十天抗战，如孟良崮战役。但更可感的是他对美的不寻常喜好。他诗中的美不是年轻的现代汉语诗中风行的、湖畔诗人或《预言》的那种单纯纤弱的唯美，而是矛盾、混杂、不和谐，更接近那种在对位的复调中行进、有着戏剧性爆发的西方审美。他践行美的创造要体现生命的活力和强度。在诗学宣言《箭头指向》中，他说："诗是一团风暴的进行""诗底排列归纳于：力的排列和美的排列……以力的排列为主"。而这种复合的行进中，让诗能在更深处发力的，是他对苦难的描写和苦难赋予的激情。如一首较早的即景诗《街头》这样开头："沙刺，沙刺……/ 多雾的晨 / 锯匠们把生活锯成一片屑子。"接着视线转移，景象渐次展开：低头弄着手指的卖花人，蹲在煤渣上捡拾的、黑斑脸的孩子和妇人，敲着锣的糖贩（"生活，不需要这一点甜味么？"），背着装着蚌壳一样的弹片的、母猪乳房似的篮子的拾荒者……突然迸发：“力，命运，天空，土地，在我们全是必须自由的！……”

然而我总感觉，他的斗争的生活出于强迫式的需要。如他在《宝贵》中自问：“你是提着你底刀走来的呢 / 还是提着你底头颅走来的？”又在结尾声言：“这一面是基督从它，诞生在马厩里呢 / 这一面是项羽为它，悲歌在围困了的垓下呢。/ 生命和爱情都只有宝贵的这一份 / 我不能够不认真，你不能够不苦战！”这一方面或许是因为，他的意识要他对生命抱以极为认真的态度，不能同意在缺乏强度的平庸感中度过时间；另一方面，他似乎明知斗争指向毁灭的宿命，却要奔赴它，因为他要利用这毁灭，消减他内在的一些东西。仿佛有一种罪恶，他反复对付，没有别的办法。或是一种循环。他对斗争的不能停歇，是内在斗争投射到历史中；或许是历史植入他体内的部分被他载负。

因而本质上，他也渴望洁净和安宁，这让他在内心建立起一种排除和冲洗的趋力。在笔记中他题诗：“我不喝蜜酒和麦酒 / 也不喝萍花和蓼花的溪流 / 即使我渴得像受炮烙 / 路边善意馈赠的浆果我也不茫然接受。// 我走过了漫长的道路 / 仿佛从阿非利加的沙漠 / 现在我，到达了我自己底梦想和绿洲——/ 但是我只饮洁净的露珠。”（《饮》）他在悼亡诗中亦说：“我底洁癖，是我底战斗的原则……我们自己，必须首先死于这个原则！”

他清楚他身处的矛盾境地：现实中没有一处是他理想的土地，他得为此而斗争，而且那理想并不可能由这斗争取得；但他必须保存自己，如果他失去原则而与现实有所混同，就失去了他的理想；在他的时代，仅有内心自由是真正的自由。因此，我发现第二点：他选择了在别处。1938 年他去过延安，那一时期他的诗里也出现了太阳的象征，但他没有留在那里。他仍做国民党军官，同时是间谍。极具传奇性的是，1947 年他身份暴露，就换了个名字，又进入国民政府的另一个系统，不久在军官学校做到上校教官。这些情况同时说明，即便他不是对隐秘地思想和做事有偏好，也足以证实他有这方面的才能，或是在更早的个人经验中已经养成这种习性。但首先要说明：他所在的地方，不可是他心所在的地方。我以为：一个在此处生活，便可在此处寻求理想，亦能在此处满足的人，必是能接受一些妥协的人，不在意些许改变，甚至最初也并没有什么打算；而一个不能接受任何妥协的人，最好的选择就只能是分裂地活着。在别处，做双面人，过隐藏的生活，尽量保存内心完好。这还是可以让人乐观的。一旦理想之地成为此地，那才是绝望。

至此已能看出，阿垅是有着"'全无'或者'全有'"思想的人。他在悼亡诗中说："我底哲学很简单：/ '是'或者'否'/ '全'或者'无'！……"如此一致于易卜生的说法，阿垅应不是从他那里学的，而是与易卜生一样，取之于《圣经》。我不想考证他何时、以何种方式与程度接触了这书，尽管他谈及爱人时总是说"在白鱼烛光里为你读过《雅歌》"。如果他只是不完整地读过一些，则更可见他的性格容易与此中逻辑发生共鸣。另一现象是，似乎七月派的壮烈总与基督教气息有关。绿原在牛棚中写过一首《重读〈圣经〉》。他们早年都曾受此感染，阿垅是不是肇始？他们的命运告诉我，有着这种思想的人在现代中国是怎样存在的。他们使中国现代文学史稀缺却并不空缺一种可贵的精神类型。阿垅在《三角》中写道："不论我酣睡或者微醒之时 / 十字架底影子总是 / 和我自己底影子一样没有放松过我"。而使命论地："诗人是天之骄子！ / 是的。但是天是要人之子背了十字架到地狱去的……"（《箭头指向》）这亦可以解释他的婚姻带有受苦的成分。

和易卜生一样，他们都在爱情中坚持了这个原则——没有条件地完全给予。

除了妻子 Ray，在阿垅的诗文中，我看不到他爱过别的女人。他在悼亡诗中几乎是疾呼地写道：“你，挑战地在闹市中昂头而行，鬓发飞扬，挑战地 / 你挑战，你不屈，你以精神的全力搏击而又全军溃败”“每一条道路侮辱你，每一个市民捕捉你 / 什么港口你可以逃避？每一个路口都‘此路不通’”，以及“人们底跛行，是由于灵魂底跛行 / 而你，爱人！你！ / 由于肉体底跛行 / 而使灵魂跛行！”。

在常人看来她有不可欣赏的缺陷，但阿垅愿意发现她的美，甚至遇到她就像看到一束光。我私下猜测他是一位诗人中的慕残者。无论是与否，都无损于他的诗和爱情。从我最先谈到的他的美学思想上，可以推究出一般的美不能给他有效的刺激。他要降得更低，再上升，把爱和美从更大的比对中提炼出来，从深井中打更甜的水。想象一下，他的感情对一般女性是钝化的，只有当他遇到一个在苦难或残缺中的女人时，才发生强烈感动并想要去爱。这并不是在描述他日常的冷漠，他对他将投入的爱要求太高，因此对爱的行动加以延迟。这也是他的强迫性的一种体现。而强迫模式实际上削弱了他。因为强迫的本质是渴求证明，并非自然的方式；被证明的过程是膨胀的，虽然妄图攀升得更高，起点也需更低。我不知道是什么样的经历让他习得这一模式，抑或是天性或克服某种天性的长期斗争。似乎他从苦难中产生的爱让他不安，作为一个会轻易得到痛切体验的敏感者，他在某种程度上受惠于时代环境或自身的残忍，他为此有负罪感。因此爱一位残疾的姑娘，或许会使他的纠结获得名义，使他在获得拯救的斗争中，在试图用爱升起另一个人的时候，也让自己从泥泞中升起。我想他是多么强烈地受到海王星和冥王星气质的影响：后者造就强迫，让他像一块磁铁，把痛苦的人和痛苦人生吸附到他身上；而前者让他在迎接这些的时候有着无私的悲悯、对拯救的幻想和这种幻想破灭的宿命。

斗争的阿垅把爱情作为斗争生活的一个高处驿站，也自然把它对应到社会的救治和提升上，使爱的实现成为历史过程的一个远景，正如他用投入现实斗争消减内在的斗争——同一个机制的两个方向。而他已然开始爱，就像选择在别处那样，仍然只能孤立，为现时代所不理解，遭遇围剿。他像一个从未来走回来的人，提前看着美好事物的惨痛——“流血就是我们底历史，直到最后/流血就是我们底一生，直到最后/花和花，直到最后/灵魂和灵魂，直到最后/我这样要求也这样理解/我这样行动也这样理想”。他从对历史的想象，确认自己的斗争、原则和爱情的价值——“历史也就必须为我们复活，为我们上升/我们血洗自己正是为了它底光洁”“爱人，我底人啊！/我，是从毁伤之中，看到你这庄严的历史的面影”。

他最后为他们的孩子写了几首诗——那是1947年——以后，我们就见不到他再写诗了。他写了大量诗论，20世纪50年代初整理了一个版本《诗是什么》。其中，我看到许多胡风向他兜售的文艺理论，而胡风所做的事，对于阿垅这么纯粹、极端的人，也不啻为折中。阿垅似乎在谈论一些他并不能说清楚的东西，试图让自己理解并自行推演出新的逻辑。即便如此，他还是首当其冲受批判。及至在牢狱中，又说出一些铮铮箴言。

我看过他一篇写冀汸的散文：“他在冬天踽踽而行，他底手中有火，他底热情和他底体温抗拒一切和发动一切。”我觉得，写这话的人也在写他自己。

徐刀刀 /

浑浊困兽

我在吃饭的时候掀了桌子。这着实吓到了我妈，一个嚣张而细心的女人。她从未想到会发生这种事情，愣了那么一两秒，而后破口大骂。我不知道她有没有再骂那句侮辱自己的“婊子养的”，因为在她愣神的一两秒钟内，我已经逃窜出门。身子软耙耙的，却跑得极快，不一会儿就到了楼下。

是的，我讨厌我的母亲。她每天都做美味佳肴，怀着虔诚的心制作，再拿出殷切的眼神看着我将它们吃下去。这简直令人厌恶至极。不知道除了做饭，她还会做什么。她活着的意义似乎就是一顿接一顿地做饭。别人家的早餐都是油条豆浆，五分钟可以买回来。她偏要起个大早，满腔热情地制作。凌晨四点钟，她摸着黑起床。我能听到她马马虎虎洗把脸的声音。继而，是她蹑手蹑脚去阳台的声音。那里多少有点光，这样她就不用开灯，她的所有动作就不会吵到任何人。当然这是她自以为的。

在阳台上，有她昨天晚上就准备好的面团，似乎是因为要提前发酵。瞧瞧，她准备得多么充分。每天的这个时候，我就咬牙切齿地躺在床上掐自己大腿。一墙之外，就是我那勤劳朴实的母亲。我听到各种声音：她调制馅料的声音，她用擀面杖将那个面团做成饺子皮的声音，她窸窸窣窣捏饺子的声音，最后是她收拾面板的声音。这个过程长达一个小时。而这样的日子，她已经坚持了三年。想到这就令人心口发堵。在凌晨五点，她抱着一席排列整齐的饺子走进厨房，添水进锅，打开煤气灶。同时，她轻轻走到我的门前，唤我的乳名，叫我起床。

我当然没什么好气，随便嗯啊两声算作回应。拽过床尾的大棉裤，还有起了毛球的大毛衣，心情变得更加糟糕。这是仅有的一套过冬衣服，已经隐约发出腐朽的气味。我必须在十分钟之后穿好衣服去洗漱，否则就要错过饺子出锅的最佳时刻。那将会招致母亲的辱骂，大致是浪费了她的一片心意云云。

饺子一如既往是鲜肉馅儿的，薄皮大馅儿。任何一个人吃，都会忍不住夸赞美味。只有我，只有我这个没良心的贱货，厌恶这种丰盛。狗屁的心意，狗屁的母爱，谁他妈让你对我这么好！因为你对我这么好，我就得考出好成绩对吗？因为你对我这么好，我没能力也得有能力是吗？因为你每天四点钟起床给我包饺子，你就可以把我的成绩单摔在我脸上是吗？这是赤裸裸的交换。而我，没什么可以跟她交换。我就是这么没本事。下辈子我要当条狗。

我讨厌的远不止饺子这一样儿。家里的床单两年没有换过，洗得近乎发白。21 世纪啊，我家还在使用黑白电视机。新衣服从来舍不得买，能补就补，不能补就拖着。拖着干吗？拖着拖着就换季了嘛。家里面肉眼能看到的一切家具家电，小到一只脸盆，都是我已经看了四五年的东西。一个字，腻！

只有一件事舍得，那就是吃。不是全家人的吃，而是我一个人的吃。紧着穿，紧着用，省下来的钱，全部拿来给我做吃的。这不是有病是什么！每天给我爸拿个饭盒装上两片豆腐干儿、一点儿小炒菜，塞俩硬馒头。我妈自己的饮食更是瞎对付，她炒个菜能匀着吃三四顿。但是，到我这儿那就完全是大手笔。中午回家吃饭，谁家都比不过我，那绝对是盛宴。炒菜下饭，炖菜补充营养，稀饭是给你个温暖，时不时买只烤鸡整个儿装盘给你上桌。刚吃一半儿，她就拿个水果刀坐沙发上削苹果，伺候着饭后吃。若是谁家孩子来串门儿，她门拉开一道缝儿说两句，压根儿不让人进来。

学校的晚饭时间只有一个小时，大多数孩子都冲到校门口去买肉夹馍或者吃个炒面。我妈一定早早地等在教室门口，手里必定拎着两个兜儿，一个装菜，一个装饭。装菜的那个饭盒很大，下面一层是热腾腾的稀饭。她舍不得坐公交车的两块钱，每次都是玩儿徒步，来回一个半小时。忘了跟你们说，我妈脚踝受过伤，走路有点跛。

这就是我伟大的、牛逼闪闪的、母爱博大的妈妈。可是我恨，我恨这一切。这就好比，一个阳痿的男人死活硬不起来，他的老婆不但不回避这一点，反而更加努力地做前戏。在依旧硬不起来的情况下，他的老婆破口大骂："老娘给你做了这么久前戏，你硬不起来，你好意思吗！"没错儿，我不好意思，我非常不好意思。但是，我有办法吗？我就是硬不起来啊！

我学习不好，高三了也学习不好。我花了家里的钱，吃了家里的美味佳肴，我害爸妈节衣缩食，我让他们在亲戚面前抬不起头来。不是没有努力过，我拼了命地努力过一年，成绩反不如从前。现在，我不想努力了，我也不想任何人对我好。千万别再给我做好吃的，就让我自生自灭，行吗？求求你们了。

这是我心里想的。但是，当我妈揍我的时候，我并不是这样说的。我还是装出一副乖巧可人的样子，咬紧嘴唇，做出悔恨的表情，信誓旦旦地保证，我一定会努力学习。这几乎是轻车熟路，但相当痛苦。其痛苦之处不在于被揍时候的疼痛，也不在于听几句不堪入耳的脏话，而在于我母亲长达两小时的训导。她涕泪并下，说一段揍一会儿，揍累了再继续发表演讲。

她会指引我去考虑我爸的劳苦。没错儿，我爸是个煤矿工人，重体力劳动者。井下作业的时候，他只能弯着腰，顶着矿灯，步步艰难。想起来，心里堵得难受。我妈就喜欢不停地提醒我这一点，加重这种难受。她还要引导我去算家里的经济账，家里每个月收入多少钱，花在我身上多少钱。这无疑会加重我的负罪感，要知道，我可是个有良心的人。如果我妈还有力气，免不了还要说说邻居家的孩子。瞧瞧人家谁谁谁，本来学习不如你，后来人家刻苦努力，现在已经怎样怎样。真叫人糟心，老天爷说了算的事儿，人真是拿它没办法。这远不及比赛走路，肯吃苦，有毅力，就一定会比别人走得远。

我妈翻来覆去就是这些话，并没有太多新花样。我的感受并没有因为重复听得太多，而有丝毫钝感。每一次，这些话都像刚磨好的钢针一样扎在我的心窝上。我总是不争气地哭起来，主要是恨自己没用。我妈也一边骂一边哭。这种时候，我特想冲上去给她擦擦眼泪，完了之后，给她磕三个大响头。

还是说说我掀桌子的事情吧。十分正常的一天，正常的天气，正常的家里和学校。照例早上吃完我妈包的饺子，穿着大棉裤去学校。路上碰到了刘汉，简单聊了几句各自的烦恼。他不咸不淡地问："你是胖了，还是穿得太多啊？看起来像个粽子。"我推起车子就走了，说是逃跑可能更准确一些。因为，我暗恋刘汉。三年了。

他说我胖，这真令人无措。第一时间，我怪起了我妈。每天给我吃那么多高营养食品，能不胖吗？给我吃什么吃！吃了学习也不好！吃了也白吃。吃了又变胖，变胖又不招人喜欢！我恨死我妈了。她给我负罪感，还毁了我的爱情。

刘汉随口说的一句我胖，远不及接踵而至的打击。第三堂课的时候，公布了上次月考的成绩。那是一个绝对考不上大学的成绩，而事实上之前的一个月，我十分努力。操他妈的怎么回事儿！我咬牙切齿地想。如果我是个男人，我应该把拳头恶狠狠地捶向墙壁，砸出一个坑，或者溅出一点血。中午回家的时候，整个人都是懵的，头脑发涨，四肢无力。我苦苦思考成绩不断下滑的原因，问天问大地，问问路边的野狗。如果我多出一双手，我恨不得拽着头发把自己从地面上拔起来，甩到天上去问问老天爷。

路边有人因为讨价还价发生了口角，真是俩傻逼。老子面对的问题，比他们严重一万倍，轮得到他们闹脾气？还有人雪地里打滑，摔得骂骂咧咧。这让我更加想要骂两嗓子，他们对这些鸡毛蒜皮都能暴跳如雷，为什么我只能在我妈面前赔笑脸、唯唯诺诺？后来转念一想，真恨不得自己也假装打滑，给摔狠点儿，摔得不能参加高考，就算摔成脑瘫，也成。起码，再没有那些你对不起我、我对不起你。

当然，我对于怒气是有十足的驾驭力的，破口大骂没有出现过，掀桌子也从来没有出现过。我回家先是躲在屋里脱了大棉裤，被我妈发现了。她冲进我的房间，抓了个现行。那时，我正露着白花花的大腿，羞得无处可躲。心里的火一下子蹿上来，我尖叫起来，吼她出去。她并不出去，而是一手掐腰，一拳捶过来，顶在我的肩膀窝里。我身子向后摔在床上，露着两条白花花的大腿。她根本顾不得一个十六岁女孩的羞耻心，紧跟着是一顿又软又硬的训骂："你这是作死啊？大冷天，不穿棉裤，玩儿哪门子俏！真是吃饱撑得你发骚了。好好的新棉花托人给你从新疆买回来，整整一个星期，我没日没夜、一针一线地给你做起来。你个不害臊的，瞎了良心啊。"紧跟着又是一拳揍过来。我伏在床上嘤嘤哭起来，心里只念着我那两条白花花的大腿就这么露着，在自己母亲的辱骂中躲无可躲。

毋庸置疑地，我又穿了那棉裤，走出来吃饭。桌上照例是什么都有，明显更为丰盛些。每次月考出成绩的那天，我妈总会做红烧肉——她的拿手好菜，也是我极为爱吃的。但，我爱不起来了，甚至无法下咽。那是一盘期待好成绩的红烧肉，是表彰凯旋的红烧肉，不是犒劳败寇的。桌上有红烧肉，就代表一会儿我妈会询问我的月考成绩。我正犹豫不定，待会儿是照实说呢，还是编个谎话哄她开心？依着一股子气，我决定直接告诉她真相。我甚至十分期待她悲痛的表情。

我妈走过来，坐定在沙发上，手里拿着两瓶药一样的东西。她一改刚才骂我骚货的态度，和蔼可亲地说："瞧瞧，我给你买了这个。说是吃了健脑，记忆力增强。这玩意儿还挺贵，我先买了两瓶。要是有效果，妈舍得再花钱。"我瞧了一眼，原来是"忘不了"，著名的高考班产品。班里家境好一点的同学都在吃。可惜，我属于家境极差的。"对了，上次月考成绩怎么样？"她终于还是问了。

"挺好的。"我直盯盯看着那两瓶"忘不了"，只能这么说。"挺好的是多少？"她就是这样，一定要咄咄逼人才行。"比上一次好点儿，有进步。"我伸筷子夹菜吃，每一道菜吃到嘴里都感觉不到味道。"有进步就好。我跟你说，你可得好好努力。人家其他人早都拼了。我听说，有的小孩晚上复习到两三点呢。以后你回家也别看电视了，咱复习到一点就行，还是得保证睡眠。对了，先把这'忘不了'吃了，两粒。"我接过那两粒珍贵的"忘不了"，拿水送了下去，心里一阵阵难受，直想抽自己俩大耳光。我这是吃父母的肉，喝父母的血，还越考越烂啊。这两瓶"忘不了"，估计是我爸半个月的工资了。我真是个赔钱货。

“那个，你下午想吃什么？我晚上给你送饭的时候，顺便跟你班主任聊聊，了解一下你进步这么慢的原因。”吃什么？吃什么！就知道吃！我什么都不想吃！送饭？送饭！我不需要你给我送饭！跟班主任聊？为什么我进步这么慢？我压根儿就没进步！我在退步，一直都在退步！我没用是我的问题，但是你们能不能别对我这么好。我不配！

这一肚子的话憋在心里不敢说，眼泪在眼眶里一直打转。转啊转，转啊转，我看不到我的红烧肉了，看不到我的妈妈了，看不到那拥有五种杂粮的稀饭了，只看到一片汪洋。我迷迷糊糊站起来，陶醉在眼泪蒙住双眼的幸福中。那海底有什么？最深处的是什么？那藏在这片亮晶晶的汪洋之下的是什么？见不得人的统统去死吧！我掀了桌子。

站在楼下，我必须迅速规划出逃跑线路。我只熟悉两条路，一条是通往学校的路，那是我一天四次的行走轨迹；一条是通往刘汉家的路，我曾多次躲在他家小区的黑暗处，只为偷看他一眼。我躲到墙角处，脱了大棉裤，把它藏在雪地里，然后，歪歪扭扭地骑着自行车，驶向刘汉家。不为什么，我妈不知道这条路，追不到这里来。一路上，我疯魔了一样喃喃自语：“我不逃课，我不染发，我认真听讲，我爱记笔记，我天天写作业，我老老实实做个好学生，我人不像人鬼不像鬼。我人不像人，鬼不像鬼！”

刘汉的嘴角还挂着饭粒，他应该正在吃午饭。这个时候，我并无心情跟他交流什么吃饭不吃饭。我已经被吃饭毁了。刘汉十分吃惊我的到来。好像没有什么特别好的开场白。我果断地说：“你想和我做爱吗？”刘汉半天说不出话来。他也许在判断做与不做的利弊。他没有像饿狼一样扑过来，更不可能像是如获至宝。

他的神情告诉我，所有的少女幻想都白费了。我拖着注了铅一样的双腿离开。

据说，我刚出生的时候只有四斤八两。据说，人灵魂的重量只有二十一克。可是，我太胖了。我吃了那么多饺子，吃了那么多红烧肉。一摸大腿，肥乎乎的一坨肉；再摸下腰，捏起一圈子肥肉。刘汉不爱我，刘汉不睡我。我不漂亮，不会弹琴作诗，不会唱歌跳舞，我只会死读书，还越读越差。我没有任何一项值得爱的闪光点。怪不得，我的妈妈不吝于用最恶毒的语言辱骂我。站在雪地里，我用尽全身力气去踢那辆自行车。那是爸爸给我买的自行车，用他掏了一个月煤的钱买的，为的只是质量好，骑起来省力。不能想。不能想此刻正在井下挖煤的爸爸，不能想此刻正想抓我回去暴打一顿的妈妈。我只有十块钱，我走投无路。

故事的结局很简单。我老老实实去了学校，现在坐在这里写下这篇文章。至于刘汉，我们后来做爱了，在我没有那么胖的几年之后。当然，他并不爱我。而我的妈妈，望女成凤，得偿所愿，逢人就夸女儿争气。只有我，永远忘不掉那段吃东西总是被噎到的日子。

在我考取大学的第二年，表弟在高考后自杀了。或许他经历了跟我一样的故事。他留了一封遗书，充满对父母的感恩，以及愧疚自己的无能。他用可乐兑了敌敌畏喝下去，然后解脱了。我记得他是十分喜欢喝可乐的。只是那种同敌敌畏兑在一起的味道，恐怕只有他自己知道了。

邱炯炯：地藏王后院的坟地

庄涤坤

没导过电影的诗人不是好画家——这话适合邱炯炯。

他导演过几部电影，比如尤伦斯当代艺术中心艺术影院上映过的《萱堂闲话录》、星空间首映的《大酒楼》，还有香港中文大学收藏的纪录片《姑奶奶》。处女作《大酒楼》是一部关于父辈、酒、故乡和朋友的纪录片。第二部电影《彩排记》用极具感染力的镜头追忆了祖父的演艺生涯，血脉的相承使人们为邱炯炯一贯嬉笑人生的艺术视角找到了出处。

他还写诗，还依照宋词的词牌填词。算了，他那些诗词挺吓人的，就别提了。

当然，我们都知道，他是一个画家。他自己说："我一直觉得自己的幼年和少年最大的区别就是后者沾沾自喜地掌握了叙述。从幼年到少年，从不自觉的踉跄姿态到变得稳健、自信，直到主动地充满了意义。"

或许是由于传承了他爷爷——"川南第一丑"，川剧著名丑角演员邱福新的傲气，或许是因为生在一个历经磨难又比较富裕的家庭，邱炯炯生来放荡不羁，他的作品也透露着别具一格的沾沾自喜和鬼气，不媚俗、不媚雅，没有丁点儿学院气——没怎么上过学的孩子总能保留着天赋。李广锌评价说，炯炯的作品中常有着仿佛是麻风病人或严重过敏者的形象，那些鼓丁暴胀的肌肤下，眼歪嘴斜的表情中，更有着丑怪背后的些许悲情。我想炯炯就是运用这样的艺术创作方式和他的爷爷在精神上相互勾连吧。

邱炯炯很多作品都像——桌布上的水渍——他好像故意不让人看清楚似的，色彩、纹理不突出。这就形成了这样一个特点，看他的作品，好像是哭肿了眼，眼泪汪汪看世界的效果。或者是，你似乎在看一幅千年前的作品，画面磨损严重，很有历史感。作品中的人物形象（那些可不全是人呐）表情天真无邪，萌得很，但，人物的模样却吓死个人，画面的气氛也像是在地藏王后院的坟地，土里埋满了魑魅魍魉。他的作品像一个个哑谜，你得往深里想。

童年的好奇、惊悚、期待与窃喜，与成长带来的明朗、木讷、矫情、扁平形成了对比，世界从未知变成已知，从多元变成有解，从由巨大粪坑形成的层峦叠嶂变成千篇一律的高楼大桥，此时，怎么再去表达？这是艺术家对于自我的反思，同时也必定是创作者对于社会文化的反思。或许答案就在他的诗里：对于大粪的关怀。

邱炯炯《入定图》 112cm × 72cm 纸本设色水墨 2011

邱炯炯《寂寞》 60cm×45cm 木板综合材料 2008

邱炯炯《我为何如此才情横溢》 60cm × 60cm 布面油画 1999

邱炯炯《我的儿子是大师》（之二） 160cm × 180cm 布面油画 2000

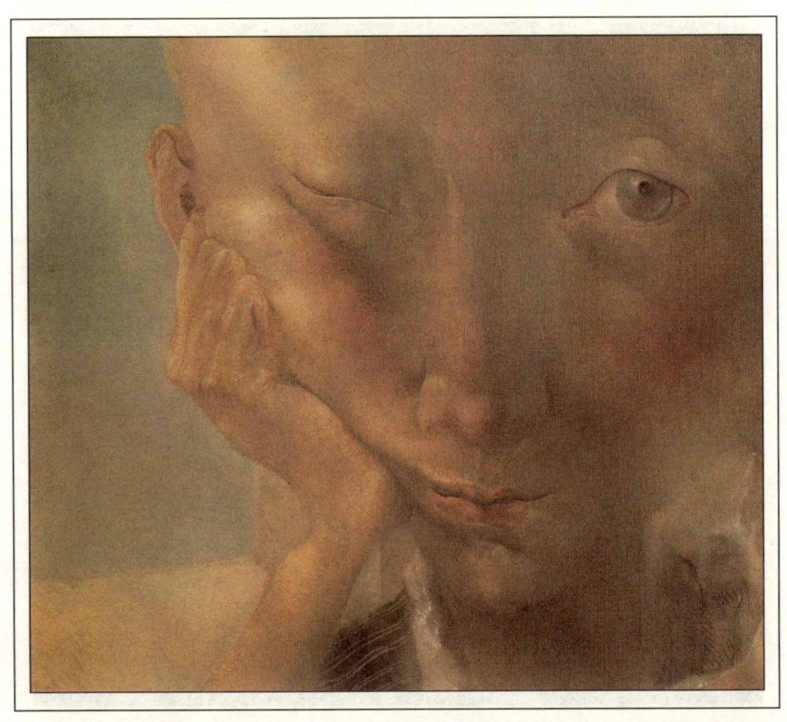

邱炯炯《蓝衣少年》 45.5cm×53cm 布面油画 2002

邱炯炯《老成少年一家》135cm×145cm 布面油画 2003

邱炯炯《傲慢》130cm × 155cm　布面油画　2003

陈农：听农民起义俑讲笑话　　庄涤坤

这是什么？

如果你在纽约摄影中心、澳洲国家美术馆、美国芭芭拉美术馆，或者其他什么地方看到一个叫陈农的中国人的作品，可能首先产生的疑问就是这个。内容还在其次，首先让人疑惑的是形式。我们很善于给东西归类，比如看到畜生的时候，知道这是鹿，那是马；看到文字的时候，知道这是小说，那是散文；看到影视的时候，知道这是电影，那是电视剧。看到陈农作品的时候，起码的归类就没了，不知道自己是看到了一幅画，还是一幅摄影作品，就像看到公务员不知道他到底是贪官还是污吏。

陈农的作品确实模糊了摄影和绘画的界线。他用八厘米乘十厘米的底片曝光拍摄，黑白银盐手工放大，以此为底稿，再用笔精心绘制。这种创作方式里还隐藏了作品中的作品——摄影模特们身上穿的，是他笔画刀裁的纸衣服。

绿的、红的、蓝的、黄的，陈农的作品色彩浓重复杂，乍一看热闹得很，盯着看久了你会发现，作品里的世界是黑白的。他所用的颜色只代表一种刺激，或者说是一种信号、一种指代、一种象征，而无论怎样掩盖，那世界的黑白本质无处可逃。画面中再惊心动魄的场景，也透露着死寂和冷清。特别是在《黄河》这组历史题材作品中，更让人感到死魂灵复活的恐惧和尘归尘、土归土的绝望，历史瞬间的喧嚣和澎湃，看起来更像是躯体上泛滥的梅毒一块块烂开了花。

无论是热闹的还是静谧的，历史的还是当代的，宏大叙事的还是小民生活的，或者是相互混杂交错的，画中人物都像是复活了的兵马俑，还原场景，一起演出戏对你说：看，我们是个笑话。就像陈俐说的：“生硬的姿态，混浊的暗影，手工上色，这些元素使陈农的照片就如同跟周围的现实和历史的记忆若即若离的一个个梦境，也回应着我们对现实印象种种说不出来的内心感受。”

很多时候，我们并不缺少表达的内容，甚至同一个时代的艺术家、诗人、作家会有同样的切身感受和表达主题。但表达从来不是畅所欲言的，总是戴着镣铐跳舞，戴着纸枷锁鞠躬。怎样去委婉而清晰地传递自己的心思，既让读者了然创作者的意图，而又不是以呐喊的方式，以口号的方式，以僭越表达范围的方式来传递信息，就成了创作者首先要关心的问题。

就像陈农作品里的大历史和小生活：农民起义了，成功地做了兵马俑。这本身就是个千古不变的笑话，可笑又悲凉。

陈农《Mask》（之六）

陈农《飞天》（之一）

陈农《三峡上游》（之六）

陈农《黄河》（之六）

陈农《龙桥》（之二）

陈农《龙桥》（之三）

陈农《Water Lily 》（之四）

巫昂 /

静静地躺在阿拉斯加

要问在这世界上，我最想去哪里，我会不假思索地回答：阿拉斯加。

裹上高山服、毛裤、羊毛靴子，坐公交车到一个小到不能再小的镇子——迷你镇，一年四个季节中有三个被冻得硬邦邦的小镇。那时节暮色四合，找一家小餐馆，坐在角上，边上尽是码头上的工人、渔民，他们扎堆坐在另一头喝酒，下酒菜是咸鱼干和腌黄瓜，主食是热乎乎的烤土豆。一个胡子不多的大胖子在说黄段子，也不能说是什么段子，是他的亲身经历。他刚刚睡了自己儿子学校的女老师，一个三十八岁、从未结过婚的老处女，永远穿细格格衬衫，衬衫里边系着款式过时的围脖。

“我还以为她有多矜持。结果呢，我还没进去，她先叫了起来。”

周围一群大汉哄笑起来，我的嘴角也露出了一丝微笑。

我也很胖，这个夏天的体重到达了历史新高——一百四十六斤，七十三公斤。

躺在床上可以看到自己的两条腿，跟在水里泡了七天七夜一样，脚丫子却没能够一起胖起来，没能跟上身体膨胀的速度，脚底板每多走一步都酸疼难忍。刚刚再婚，嫁了个大我十二岁的老公，他倒不嫌弃我胖，这大概是出于礼貌？

总之，他也没夸过我苗条俊俏，那离事实实在太远。

婚后的生活简单又粗糙，早上吃全麦面包，喝袋装茶。他挣的钱不多，我又不上班。我帮一个邻居带过一个月小孩，一个两岁半的小男孩，跑起来就跟双脚装了轮子一样快，基本上追不到。

丈夫下了班，累惨了，只想吃饭、上床睡觉，我们连一只猫也不敢养。

自从小男孩不小心摔了一跤，邻居就不让我带她了，我再度失业。

我们也计划生自己的孩子。他在网上找生子秘方，有人介绍说，每天男女双方喝一种中药袋泡茶，可以把体内的 pH 值调整到适合怀上男宝宝的程度。所以，他订购了两大包这种袋泡茶，两个人没日没夜地喝。那种茶说起来也没什么奇怪的，闻起来像桉树，喝起来像桉树，喝完了打几个桉树味儿的饱嗝。

是不是这种生儿子专用的袋泡茶，导致我体重飞速增加呢？

为什么要生儿子，我们谁也说不出所以然，这是婚前两人达成一致的协定之一。另外一个协定，是接受他有一个儿子，十八岁，刚上大学，他自己上大学时的产物。他要给这个小伙子每个月寄点钱，直到大学毕业。

孩子他妈？我不知道。

自从动了心思去阿拉斯加，我一直在劝说丈夫搬到阿拉斯加。虽然身处冰天雪地，但是这个州没有州税，不像麻省要交百分之五的州税，据说西雅图所在的华盛顿州这个数字达到百分之九。到了阿拉斯加，一分钱也不用交。而且，每年年底还有州政府一百年前投的永久基金的分红，据说最多的那年，每个人分到了两千美元。没事的时候，我们可以去钓三文鱼，钓鱼也是不要钱的，办个钓鱼证就可以了。每次钓它几十斤，够吃一两个月的了。烤土豆，白水煮三文鱼——撒点盐和现磨胡椒，这够像在天堂了吧？

丈夫丝毫不为所动。

“太他妈冷了，我怕冷。”他说，“波士顿已经够他妈冷的了。”

去年美国总统大选的时候，共和党半路杀出来一个裴琳，就是阿拉斯加的女州长。我如饥似渴地借着她的宣传势头，在电视上观看阿拉斯加的各种宣传片：啊，冰球，啊，冰球过界了，整个球场为之扼腕叹息。我甚至准备弄清楚冰球的游戏规则。这个新爱好，丈夫一点儿也不反对，他自己就是蒙特利尔冰球队的球迷，支持那个队至少十五年了，即便他从蒙特利尔搬到麻省也没变。

对的，这个蒙特利尔人在蒙特利尔的时候，有过一个儿子，这个儿子现在在西雅图上大学，学计算机，毕业后准备在当地微软总部找份工作，弄明白了吗？

而我，只想去阿拉斯加，脑壳想破了地想。

到了阿拉斯加之后，我想至少要养两只雪橇犬，一雄一雌，都拥有黄金体格，脸上时刻好像在笑。我喜欢看上去一直在笑的狗，金毛、拉布拉多和雪橇犬都是如此。西伯利亚雪橇犬又叫哈士奇，比阿拉斯加雪橇犬要小一号，它们都有柔软厚实的被毛，天寒地冻，把手伸进去，足以成为一双手套。

有了雪橇犬，当然得给它们盖个狗舍，在屋外院子一角。它们在夜半发出狼一样的啸叫，啊唔，啊唔……

我推醒睡梦中的丈夫：“谁来了？”

“能有谁？”他眼睛都睁不开。进入十一月，太阳再也没能升上地平线，到处呈现深蓝的夜色。家家户户闭门不出，我们除了睡觉就是吵架，不然，就是请邻居那个单身女的来家做客。她已经四十五岁，离婚后一直独居，试图交过两三个各个年龄段的男朋友，没有成功。没有其他年轻女人可供观赏，丈夫常常盯着她胸前那片雀斑发呆走神。她提议我们玩纸牌，我们会一直玩到夜里一两点。打着呵欠，她从高高的窗口爬出去，踩着我家跟她家之间的荧光梅花桩回家。

“那它们干吗叫唤？”

“谁？”

“狗狗。”

“狗狗？你在说梦话吧。”

环顾四周，还是我们在半地下的卧室，昏暗，壁柜紧挨着高高的床，壁柜内阴风阵阵。这栋房子已经有两百六十年历史了，当年为黑奴沿河建造的，后边那条小河在一百多年前填平了，凭空立着一个楼。房东买下它后，基本上也不装修，取暖还是老式的，夜间暖气下行，发出嗞嗞的声响。

“我们去阿拉斯加吧？”我在黑暗中对他说。

“又来了。太晚了，睡吧。”

我细听窗外，波士顿的第二场雪落下来了，跟小蚕咬桑叶一般。窗户上一层水汽，成了毛玻璃效果。雪量不够，没有阿拉斯加痛快。脑海中有一根线牵扯着我。

“乘着还没怀上，赶紧去，去了我就踏实了。”

“你是闲的，找点事情做去吧。社区图书馆不是在招给盲人读书的志愿者吗？报名去。”

“我的英语，老外肯定听不懂。”

“在这里，你才是老外。”他索性起来，从壁橱里拖了一件毛毯压在被子上。

我心里不安，特别不安，心脏悬浮在空中，无数小锤子从各个方向击打着它。心脏这个活模型三维立体，加上时光飞逝这第四维，让我觉得去阿拉斯加简直就是心脏起搏器，能让它恢复跳动。靠着这口气，我兴许能活过今年。每一年的十二月，我都觉得是自己的末日，未来一片漆黑。

如果要去它的首府朱诺，不能走陆路，只能坐飞机和船。从 Google Earth 看，它在一带峡湾之间，主城区只有鼻屎大，呈迷你三角形。可惜是六月份拍的，否则会是四下冰原，那样貌，多像一个外星人的秘密基地。

换用 Google Earth 的街景视图模式，我在西第九大道降落，转眼来到了朱诺的街上。脚不沾地的轻功。这里的六月，四处郁郁葱葱，不远处就有带雾的山。居民们把房子涂成并不鲜艳的彩色，古蓝或蓝绿，以及暗红，多数是木板外壳。感觉 Google Earth 的街景小组一大早就出去工作了，街上几乎没有行人，除了一两个早锻炼的家伙。有个人正在一根巨大的电线杆子下面，另外一个横穿马路，还有一个在公园角大道处，一路沿河行走，正往山里去。我正欲前行，小组似乎打了个呵欠，起得太早真要命，拍摄工作戛然而止。鼠标拖不动，四顾看山，无比惆怅。

啊，阿拉斯加的馒头山。一大早提了个酒瓶子，醉醺醺地往这条路上走，一定非常惬意。空气那么清新，像从密封罐里刚刚放出来的一样。我回到闹市区，上了一条叫作 F 大道的巨长无比的路。当然了，没有长安街那么笔直而长，这种长，是相对的，是阿拉斯加式的长。

我惊喜地发现一对儿 gay 在街边各开了一侧车门，站在车边，有一个在吃汉堡包，另一个面对着他，似乎在跟他闲聊。两人穿着一模一样的浅蓝 T 恤、牛仔裤，一对儿公仔一样的修长身材，他们一定常常锻炼。要是能跟这一对儿尤物交上朋友，倒是不错，我暗暗地想，恨不得用鼠标点一下就能联络上他们。

我为何盯着阿拉斯加不放，在偌大的地球上，为什么只有这个地方非去不可？

它在我心中永远是那么冷、那么毛茸茸——雪地上浮现一道道温暖的灯光，每一栋房子都隔得很远，周边都是山，放眼望去只有茫茫雪原和山脉，白，那么白，无边无际的白，不可思议的冷酷中的美妙仙境。

我每周要去超市一次，买吃的为主。先去剧院街上的中国超市。剧院街上有至少四五家剧院，大大小小的，鲍勃·迪伦在其中一家开演唱会。我瞥过一眼海报，海报上他的名字跟个作古的人一样。在《阿甘正传》中唱他那首《答案在风中飘》的琼·贝兹，据说是他的秘密情人。这个事儿早已经成为如烟往事，谁他妈还计较这个？

回家后，我跟丈夫说："鲍勃·迪伦还在登台演出呢，我们要不要去看看？"

"谁？"

"鲍勃·迪伦。"

他没吱声，低头煮白水鸡翅，也是从中国超市买的。他总是亲自采购五六磅的冰冻鸡翅，也不等化开，直接把它们投入沸腾的水中。浑白的泡沫泛起，漂去泡沫，放盐，放一大把花椒，如此而已。他一口气煮一大锅，放到两个瓷制的大密封罐里，放在冰箱上层的紧里头，

"那好吧，你去买票。"他又抬头。

不知道为什么，我没去买票，也许临时变卦，也许我担心跟售票员说："两张鲍勃·迪伦，最便宜的位置。"她会头也不抬地回答："只剩一百八十美元一张的了，要吗？"

"不不不……要，可以吗？"

“当然可以了。出门左拐的芭蕾舞剧院，有永不落幕的《天鹅湖》，最低五美元一张，常年有票，我诚意推荐您去看。”

我果真去往芭蕾舞剧院，买了两张《天鹅湖》的票。

是夜，我们携手去看。结果是，两人都睡着了，醒来剧院里观众都跑光了。管理员，一个胖乎乎的老头儿，从远处走过来，笑眯眯地看着我们。

“对不起。”丈夫跟他说。

“没事，经常的事。一定是这里的暖气足够了，我很欣慰。”

话题绕了两个小弯儿，他们居然聊起了冰球。前一晚的比赛，某个球星发挥失常，还受了伤，下巴磕在冰面上，缝了几针。剧院的灯依次熄灭，只剩下唯一的两盏脚灯向上照着他们的下巴，两张脸变得立体而冷峻，鼻子、眉毛陡峭极了。

我感觉到自己飘起来飘起来，身体像氢气球一样逐渐变薄、膨胀，一直往黑漆漆的屋顶上飘。举目四望，一排排坐椅依次后退，远处的舞台上有厚重猩红的幕布……我喉咙间咕咚咕咚冒气泡，跟金鱼一模一样。身体渐渐悬浮倒挂，气泡是助推用的，它们让我上升上升，轻轻地撞到天花板上。在这个过程中，还避开了一盏巨型水晶灯，摸到两手灰。

我低头看他们俩，他们浑然不知我不在了，看样子聊得越来越投机。他俩要是一对儿该有多好，我想，我要走了，要离开这里，去别处。

小心翼翼地在水晶灯丛林里摸索前进。装修这剧院一定没少花钱，水晶灯密集得跟苍蝇的复眼一般。吊顶用繁复的石膏板，上面有婴儿天使，小肥羊大小，我的脑壳还不小心撞了一下其中一个天使的脚丫子。

“该从哪儿出去？”扭头看四周，剧院两侧都有一排高窗，但都是百叶窗。既然是冬天，为了不让暖气外泄，当然都关得严严实实。我慢慢往那里飘过去，抓到了窗户一角，再沿着那排窗一点点往前挪，试着晃晃不同的窗户，看有没有松动的余地。

照理说，那么折腾动静也不小，可是地上那两个人完全没有察觉。

一扇窗老化了，合页落了一半儿，我拿手摇一摇就能打开。窗户开开，居然外边没有护网——又不是博物馆，不怕小偷出没。就在我把脚往外伸、半个身体都出去了，回头趴着窗沿想跟丈夫交代一声时，发现他身边站着个女人。

俯视她——头发凌乱，无精打采，身材那么臃肿，好像刚刚注射了五十斤生理盐水那么虚胖。她抬头看了我一眼，说实话，她长得跟我一模一样，没准儿就是我。

我跟她挥挥手，做了个胜利的姿势。她嘴角微微一抿，表示知道了，你放心走吧。

好吧，另一个我，你就留在这现实生活好好过日子，别忘了按时擦擦灶台，不然油垢会全部积在抽油烟机上，到了一定时候滴滴答答往下落，炒出来的菜没法吃。还有，冰箱里还有一盒快要烂掉的草莓，要是不能吃就扔了。

我是她的灵魂体？或者幻觉？顾不得想太多，外边的冷风已经把我吹醒，让我完全清醒。后悔没带上羊毛毯子裹住全身，外面真是冷到无极。我悬在剧院街上空，还是那样脚不沾地地漂浮。底下是不多的人跟车子，看样子得有十点了，路上行人也不多了。

后悔没有随身带个什么导航仪，现在该往哪个方向走？我下意识地脚底一踩，身体腾地就往上蹿了好几米，于是再一蹿，如此接连几次，眼见那些电线杆子离我越来越远。大楼的窗户挨个儿看过，十楼，十一楼，十二楼，可以看到公寓人家的内景：一对儿小情侣腻在双人沙发上看电视；另一家，老两口穿着同色浴袍模样的东西，正在厨房喝牛奶，准备睡觉；有个人高马大的女人在窗口呆站，她一定看到了我，吃惊地退后一步，捂住了嘴。我知道，这片楼后面有块教堂的坟地，还是个旅游景点，是青少年爱国主义教育的基地。日常看坟的人，兼任解说员，他穿着宪兵制服，拿着星条旗站在门口迎宾。

那个妇女一定以为她见到了鬼，而鬼莫名其妙地升天了，去往无限美好的天堂。NASA（美国国家航空航天局）有张难辨真假的图片，号称拍到了天国的景象——金碧辉煌层层叠叠的楼宇，只消给布达拉宫的外面刷层金粉，就可以达到那样的效果。我对天国的存在从来不太相信，我路过这个坚信天国存在的女人的窗口，也只是为了去没那么远的一个地方。

阿拉斯加。

这个楼那个楼渐渐降到我脚下，楼顶的天台上大多什么也没有。我想起小时候过中秋节，一定要跟爸爸和弟弟端一盆水到天台，厚厚一块月亮挂在天上，我们在脸盆的水面上放上一块印着嫦娥奔月图的手帕，爸爸坚信月亮的影子落在手帕上时，嫦娥的身影会出现。这么做毫无道理，但我们每年都玩，煞有介事。

一个又一个天台如升降舞台一样，在我眼前浮现，又渐渐下沉。波士顿上空的雾渐次浓密起来，一朵又一朵的云。穿过浓雾和大朵大朵的云，我看到远处的海湾、码头与码头上的公寓。古典风格的四座公寓就盖在海里的浮岛上，地基并不稳固，会在水中沉浮，居民们一边做梦一边担忧地壳下陷，就是这样。

我飞在云中，我不怕地壳下陷，地球渐渐远离我。但去往阿拉斯加的路途何其漫长，微微调整方向，有看不见的天线从头顶两侧伸出来，它们在寻找正确的方向。很奇怪，我并不觉得冷，或许皮肤已经冻成了坚硬的外壳，里面烤红薯一样滚烫，五脏六腑跟一锅烧开的汤一样，沸腾。

“这热气儿哪里来的呢？”我很奇怪，我平日从不喝白酒，甚至也不喜欢喝白开水。

在空中缓缓上升，并向西北方向前行，我感觉波士顿正逐渐离我远去，在那里生活的日日夜夜，好像被涂改液灭了痕迹。这样行进的速度会有飞机快吗？没有的话，我什么时候才能抵达目的地？可别几天几夜，饿都饿死了。天上跟海里不一样，不能随手捕鱼，抓到一两只飞鸟也无从煮起，拔毛、掏空心肝肺，在悬空状态下做这些动作，太血腥。

不过，真饿极了，也没办法。晚饭我吃的是高丽菜咸饭，用花生油，重油做的，里面有水发的香菇、虾仁和干贝，还有白花花的五花肉，或许可以顶一会儿饿。实在不行，牛仔裤裤兜里还有两块水果糖，低血糖患者必备。胃感到空虚，人马上就没底气了。我一边在空中缓慢旋转，一边看四下里越来越清晰的星体们，看它们那无边的静默跟美。

“这不是做梦吧，也不会是梦中梦吧？”我伸手在兜里还摸到了手机，拿起来，当然是没有信号。想给丈夫打一个电话，对他说我走了，也没希望了，只好到地方再联系他。此刻他会不会跟另外那个痴痴呆呆的我回家睡觉了呢？他们躺在床上会说些什么、做些什么？

那张席梦思得有五六十年的历史了吧，还是房东结婚时买的。他们把所有淘汰的东西放到地下室，供我们继续使用。两个苟延残喘的老头老太，自得其乐，在每周五聚犹太会，把楼板踩得山响，一层层灰落在我正在炒的菜上。老太太一直觉得我完全听不懂英语，经常用默片的方式跟我打交道，当我是聋哑人。她夏天一定穿着丝袜，冬天离不开帽子，我可以闻到她身上香水的气味，远远地，隔了五十米。

我飞走了之后，他们两个是好人是坏人，跟我就没关系了。

但我关心丈夫下一顿饭有没有人给做。在一起生活了这么些时间，毕竟有了感情，即便这感情是一粒米投在米缸里，转眼看不见。快要放假了，他要回国看他妈，会提前在网上订机票，提前买好带回家的东西——高丽参，高丽参，高丽参，没别的。我伤他太深，这么不明不白地走掉，留下一个空壳儿，不知道那空壳儿有没有继承我的主要品德，做米饭会不会太硬？青菜麻烦一定多洗两遍，起床一定拉上窗帘，不然屋里全是外边住户把车开走后的灰，一层又一层落下。

这一切，跟我再也没有关系了。

我要在阿拉斯加开始新生活。云层之上是清澈如水的天空，每一颗星星都太凉、太亮，星空的西北侧，很远的地方，有一条带状星云，发灰发蓝，如果有人硬要形容它跟仙女似的，我也没话说。其实我整个脑袋晕乎乎的，跟喝了太多酒一样，烈酒，舌尖顶了一颗小火球一般。如果把我放到平地上，此刻一定跟条被虐待过的狗一样，吐着舌头，毛发凌乱，皮肉也一层层叠皱起来。

身体缓缓前行，其实速度很快。不知道为什么，我的皮肤虽然干了皱巴了，但还是紧紧依附在身体上。到地方真应该泡到水里，恢复弹性，必要的弹性。睫毛上挂满了霜，鼻孔也是，嘴角更跟冰雪溶洞边一样。

过了两天半，也许是三天半，我落在朱诺某条大街的雪地上，一个拉雪橇犬的大叔向我走了过来。我落得很慢，因为我的体重大概只有之前的百分之八十，路途中消耗掉了大部分的卡路里，燃烧掉了几乎所有的脂肪。

“哪儿来的？”他停下来，问半趴在地上、奄奄一息的我。

“波士顿，之前在北京。”

“喔，北京！”

“去过？”我哼唧着，想跟他讨口吃的。

“想来着，想了很多年了。如果有人问我最想去哪个地方，首选北京。”

“但我千方百计要离开它。”

“我生在这里长在这里，从十五岁开始，我每天都想离开这里。你看看，屁大点儿地方，又冷又没劲。我们都在寻找什么呢。”

他想扶我起来，但他一接触我，那块地方就跟马上要脱落了一样疼痛。我赶紧推开他，侧身躺下。躺在松软的雪地上，后背毫无知觉，不单是后背，全身上下全无知觉。天空一会儿是蓝的，一会儿是紫的。我觉得我该喝口温水缓一缓。

胡淑芬 /

漂亮的梅花爪

我的妈妈很喜欢我，她说我生下来就跟别的狗不一样。

妈妈肯定是说我虽然调皮可还是很听话，而且，我还长着别的狗没有的漂亮的梅花爪。

我和哥哥姐姐们出生的时候，正遇上冬天第一场大雪来临。那是一个寂静的夜晚，我的眼睛还没睁开，我听见外面传来很轻柔的沙沙声，还闻到一种清凉的气息，直沁入我的身体。妈妈说外面下雪了。雪是什么样的呢，妈妈？是白色的，就跟你屁股上的颜色一样。哦，白色。外面是铺天盖地的白色，我们到来的这个世界是一个白色的世界。可是，我还没有见到我屁股上的白色是什么样的呢。听妈妈的口气，白色该是一种很美丽的颜色吧。

我的眼睛终于睁开了，我终于可以四处跑了，我终于可以去看白色的雪了。啊，白色，多美，面对这美丽的世界，我不由得发出了自己的第一声问候，汪，汪。我小心翼翼地把我的爪子伸向这白色的大地。啊，感觉多奇妙，在我轻触着雪花的一刹那，那种凉凉的感觉升上来，我觉得自己也像是一片雪花了。我一次一次轻轻地踏上又离开，不断重复那种奇妙的感觉。直到我玩得累了，才回去告诉妈妈，那些雪花多么的美，踏着雪的感觉多么的奇妙。

晚上，主人和他的妻子来到我们的窝旁。

——你肯定是它们当中的一只？

——肯定。这些脚印根本没走远，肯定出在咱们家。

他们把我和哥哥姐姐从妈妈的怀里抱出来，一个一个检查我们的爪子。终于，他们发现了我。

——就是这个家伙。

——天哪，真是跟别的狗不一样。

——对，这就是狼爪，跟我在山里看到的狼脚印一样。

——这狗东西居然长着狼爪子，真是不吉利，卖都卖不掉。

——下次我进山时，把它给扔到山里去吧。兴许它还能找到一条狼作爹呢。

他们说完笑着出去了。

我听不太明白他们说的是什么意思，但我想肯定跟我的爪子有关。是不是我今天不该用爪子去踩那些白色的雪呢？那些雪花是美丽的，我不该去破坏它们。我跟妈妈说我错了，说我以后再也不去踩美丽的雪花了。妈妈突然紧紧抱住我，好孩子，乖孩子。妈妈翻看着我的爪子说，多漂亮的梅花爪。

没过几天，我的哥哥姐姐们就被塞进一只布袋子里拿走了。妈妈说他们是被拿去卖了。妈妈以前的孩子们总是生下来不久就被卖掉，妈妈再也没有见过他们。我是所有孩子当中，陪在妈妈身边时间最长的。我问妈妈，主人为什么不卖我呢？是不是因为我有漂亮的梅花爪？妈妈不说话。

他们虽然不卖我，可全都不喜欢我，动不动就骂我、踢我，有时候还会说出一些侮辱妈妈的话。后来我慢慢明白了，他们嫌我不吉利，嫌我长的是狼爪子。我很生气，不理他们，也不对他们摇尾巴，他们就说我的尾巴垂着，更像一条狼了。

我知道狼是个坏东西，难道我也是个坏东西吗？我问妈妈，妈妈说我不是坏东西，是个好孩子。妈妈这样说，我就觉得这些我都能够忍受了。不管怎么样，我能和妈妈在一起；不管他们喜不喜欢我，妈妈喜欢我。妈妈说我的梅花爪是最漂亮的，说我是一个最聪明最善良的孩子。我愿意听妈妈对我说这些。我喜欢在午后的阳光下，在主人家的后门前，依偎在妈妈的身旁，一遍一遍缠着妈妈这样说。这时候，妈妈就会轻轻抚着我的头，微笑着一遍一遍对我说。可是，当妈妈对我说这些的时候，我常常能从妈妈的眼中看到忧伤。我知道妈妈是在为我的命运担忧。她害怕我被人扔进荒山野岭，被虎狼吃掉，或是说不准哪一天就被当成狼给杀了。一想到这些，妈妈就会紧紧把我抱在怀里，格外地怜爱我。我不愿去想那么多，我只知道我现在是幸福的，和妈妈在一起的日子，是我一生中最幸福的日子。我觉得，不管主人怎样地踢我打我，让我受多大的罪，只要不让我离开妈妈，我就是所有孩子当中最幸福的。我多想一辈子都在妈妈身边，不离开妈妈呀。

黄昏的时候，远远地从村口传来了补锅的吆喝声，声音听着有点悲凉。

补锅的老头被主人召进来，带到厨房里补锅。

我听见主人悄悄跟他的妻子说：就甭给工钱了……还省得扔上山，就给那老头得了……

我的命运一瞬间就被决定了，老头同意把我当工钱收下。我离开妈妈的时刻到来了，那么突然地就到来了。我紧紧依偎在妈妈身边不愿离开，我多想和妈妈哪怕多待上一分一秒钟啊。

主人一把拎起我的脖子，把我扔进老头的筐子里。我在筐子里望着妈妈，妈妈在筐子外面望着我。我不停地呜咽着，我怕我一离开，就再也见不到妈妈了。妈妈是我来到这个世界上认识的第一个朋友，我最好的朋友、唯一的朋友。我不要离开妈妈，妈妈……

妈妈悲痛欲绝地看着我，她无能为力，她不能保护自己的孩子，不知道我将被陌生人带到什么地方，有什么样的命运在等着我。妈妈依依不舍跟在后面，妈妈也不想和我分开。可是，可怜的妈妈连自己也不能保护。主人竟踢了妈妈一脚。

——妈的，还舍不得你这狼崽子。

妈妈哭了，这是我第一次听见妈妈哭，也许是最后一次。在人的眼里，妈妈不过是一条老母狗，可在我的眼里，她是我的妈妈，她是我的妈妈。

——妈妈……不许欺负我妈妈！

我冲着狠心肠的主人吼叫起来，这是我来到这个世界后第一声愤怒的吼叫。我可以忍受屈辱，可以被送给这个脏老头，可以被扔进山里，但我不能忍受我的妈妈被人欺负。我挣扎着要从老头的筐子里爬出去，可是我还太小，爬不出去，我就拼命咬筐子上的绳子，我要把它们咬断，我要下去，去保护我的妈妈。

——这家伙还挺凶。

——嗨，既然你已经要了，我就跟你实说了吧。这狗长的是狼爪，身上还有狼性，我们自家也懒得养。你要是嫌养着不吉利，拿回家杀了也够吃两顿的，怎么也够工钱了。

我不能保护妈妈，妈妈也没法保护我，我还是被老头带走了。走了很远，我还能听到妈妈的哭泣声，妈妈在一遍一遍地说，孩子，你的梅花爪是最漂亮的，你是最聪明最善良的孩子……我听着心都快碎了。为什么要让我生下来，为什么要让我有妈妈，又为什么要让我和妈妈分开呢？我恨这些人，我恨那个踢我妈妈的家伙，我恨这个脏老头子，我恨他们，我恨他们，我恨他们。

我一路哭泣着，被老头带着走了很远的路，回到了他的家。

老头到家第一件事，就是把我抱起来，叫着他的孙子：虫虫，你看爷爷给你带什么回来了。

我被抱进里屋，看见一个拄着拐杖的孩子，他就是虫虫。虫虫很欢喜地把我接过去，轻轻抚摸我。我现在心里还难受得很，我讨厌这些人，我谁都不想理。虫虫并不在乎我理不理他，他取下一块毛巾，替我擦去糊在眼睛上的眼屎。他边擦边问爷爷，这小狗是不是哭过了，那么多眼屎。他爷爷跟他讲了我和妈妈分离的故事，还说我长了一副狼爪子，问虫虫喜不喜欢，要是不喜欢明天把我拿去扔了。想起妈妈，我的泪水又止不住了。虫虫一边给我擦泪水一边安慰我。我感到有什么东西掉到我的鼻子上了，是虫虫的泪水。虫虫哭了。虫虫的爷爷看见了说，唉，我不该跟你讲这个。虫虫没有理爷爷，把我抱得紧紧的。

虫虫并没有让他爷爷把我拿去扔掉，他一点都不在乎我长的是不是狼爪子，他喜欢我。可是我并不喜欢他，他就是那个把我从妈妈身边带走的老头的孙子，看到他我就想起他爷爷，想起他爷爷我就会想起那个凄凉的夜晚，想起离开妈妈时那伤心的一刻。就算他对我再好，我也不会喜欢他，不会对他摇尾巴。

爷爷对虫虫说，你看它的尾巴夹得这么紧，真是像一条狼，咱们把它扔了算了，你要是喜欢狗，爷爷下次再给你找，别等这家伙长大了把你给害了。虫虫不愿意，他说这条小狗离开妈妈还哭了，它是一条善良的狗，它不是狼。

虫虫的爸爸妈妈都没有了，就跟着补锅的爷爷过日子。虫虫的腿有病，不能走远，平时爷爷出去了家里就剩他一个人。虫虫常常搬个凳子坐到屋子外面，他苍白的身体需要多晒太阳。虫虫希望我和他一起去晒太阳，可我不愿意。虫虫没有朋友，外面那些家伙老是欺负他，我有时听见他们叫虫虫是瘸子，虫虫就不理他们，搬着凳子回到屋里来了。

虫虫爱跟我说话，跟我讲他的妈妈。他的妈妈死去的时候他还很小，他已经记不起妈妈长什么样了，他只知道他的妈妈叫梅。虫虫说梅是一种花的名字，那是一种美丽的花，可惜自己从来没有看见过。虫虫恨自己的腿不好，不能走很远的路，不能去找到那种叫梅的花，那种像妈妈一样的花。虫虫说那种花一定是芬芳的，就像妈妈一样。

听到虫虫讲他的妈妈，我也想我妈妈了，止不住要哭。虫虫好像看出来了，就说你想妈妈啦，你要是想妈妈，我下次让爷爷带你回去看你妈妈，好吗？虫虫去求爷爷，爷爷说得等一阵子，等他把附近这几个村子都走遍了，下一次再带我去。

知道有机会回去看妈妈，我有时就会想见到妈妈时的情景。也许我还没有走近，妈妈就听出我的脚步声了，我漂亮的梅花爪走出的脚步声那么特别，妈妈一听就能听出来，然后妈妈就会悄悄地从主人家的后门出来的。妈妈看到我没有被扔进山里，没有被杀害，好好地活着，该有多高兴。我看到妈妈又该有多高兴啊。我还要告诉妈妈，我的小主人是个和我一样爱妈妈、和我一样善良的孩子，他和别的人不一样。

虫虫对我这样好，我渐渐喜欢他了。我觉得他比我还可怜，我还能够见到妈妈，可他再也见不到他的妈妈了。我觉得我已经长大了，我是虫虫的朋友，我应该陪着他、保护他。以后虫虫再出去晒太阳，我就和他一块出去了。

那些欺负虫虫的坏家伙又来了。他们看见了我，用石子儿扔我。

——哟，瘸子，这就是你养的那条狼崽子吧。

虫虫不理他们，我也不理他们。

——瘸子，干吗坐着呀？起来，起来跟你这只狼崽子跳个舞怎么样？

虫虫不理他们，他们就来拉虫虫，虫虫挣扎着，却倒在了地上。虫虫扶着凳子要爬起来，说咱们回去。

我不，我生气了，我觉得他们跟踢我妈妈的那个家伙一样坏，他们欺负我妈妈，现在又要欺负我的虫虫，我不能答应。我冲他们愤怒地叫起来。

——嘿，这狼崽子还挺凶。

——打，打狼。

马上就有砖头向我飞来。我吼叫着，不顾一切扑向一个家伙，狠狠地咬了他一口。那家伙痛坏了，死命地踢我。接着虫虫的拐杖也被他们抢去当作武器向我打来。我挨了几下，痛得嗷嗷直叫。

突然间，虫虫站了起来，艰难地站了起来，手里拿着他的凳子。

——不许你们欺负它，不许你们欺负它。

我身上又挨了一棒。

——我，我跟你们拼了。

虫虫用他的病腿颤抖着急促地向前迈出两步，把凳子向那个拿着拐杖的家伙抡过去。凳子抡空了，虫虫重重地摔倒在地上，腿磕在一块砖头上。他嘴里还在说着，它不是狼，它是一条狗。

虫虫的病腿又受了重伤，他只能躺在床上，哪儿也不能去。不能去晒太阳，不能坐在门口等爷爷回来，更不可能好起来，走很远很远的路，去找像妈妈一样的梅花。

守在虫虫的床前，我心里很难受，都是我闯的祸。假如我听虫虫的，和他一起回去，就不会有这样的事了。虫虫是为了我才受的伤，我想要为他做点什么。

我决定去为虫虫找回一朵最美的梅花。

虫虫说梅花是红红的，有五个花瓣。我没有见过梅花，但我想它该是跟我的梅花爪长得一样吧。我不知道它开在什么地方，但只要我每天都出去找，把所有的山坡、草丛都找遍，一定会找到的。

从此以后，天一亮我就出去，直到天黑才回来。每个清晨和黄昏，我独自走在村边的小道上。日子久了，看见我的人都说，虫虫家养的真是一条狼。我不喜欢他们，也不对他们摇尾巴，他们就说我垂着尾巴，越看越像狼。

爷爷听到这些传言也担心起来，他对虫虫说，我看这家伙真是越来越像狼，一天天在外面跑，越跑越野，不是狼也会变成狼的。虫虫说它不是的，它不会是一条狼，它出去只是想去找它的妈妈。

终于有一天，虫虫也问我，你这样每天出去，是去找你的妈妈吗？难道，难道你真的是一条狼吗？

虫虫这样说，我心里很难受。被别人误解了我不在乎，可虫虫，难道你也不相信我吗？我不是一条狼，我是要为你找一朵梅花，一朵最美的梅花，一朵像你妈妈一样的梅花呀。我想对虫虫说，可是我说了虫虫也听不懂。等有一天我把梅花放到虫虫手里的时候，他就什么都明白了。

这是附近的最后一个山坡了。今天的阳光真好，天空那么干净，风吹着草丛发出轻微的沙沙声，空气中还有一种干草混合着野花的奇怪香味。我的鼻子痒痒的，打了个喷嚏，真舒服。人们说，要是谁打了喷嚏，那就是他的亲人在想他了，刚才一定是妈妈在想我了。妈妈这时一定还在为我的命运担心呢，她还不知道我遇上了一个多好的小主人，他多喜欢我，他还要让他的爷爷带我回去见妈妈呢。我也喜欢小主人，我要为他做些事情，我要为他找一朵像他妈妈一样的梅花，我要让他也见到妈妈。

也许今天就能找到呢。阳光还是那么好，天空还是那么干净，风还是那么轻柔。当风儿把草吹得微微起伏的时候，我能隐隐看见远方的山坡上有一片树林。我心里升起一种奇妙的感觉，我觉得那儿就是我找了很久的地方，我相信在那儿一定能找到梅花，我满心欢喜地想要快些到那里。这时身后的草丛中传来了一些异样的响动，我站住回头看：草丛中伸出一杆黑色的管子，那杆管子正对着我，突然它喷出一团光，就像打了个喷嚏似的。我觉得我的身体被什么东西刺痛了，被刺痛的地方又辣又烫，这感觉在身体里扩散开来。又是一个喷嚏。我的头被刺痛了，像是要炸开了一样。我的头好沉，眼睛里像是烧了起来，一些热乎乎的东西从我的眼睛和被刺痛的地方流出。我觉得这比砖头砸在身上难受多了，我痛得嗷嗷叫起来。我想我今天不能去那片树林了，不能去找梅花了，我必须回去，我必须回去，回到虫虫那里。我走啊走啊，回去的路好长啊，走了好久，比我来的时候要长得多。我越来越痛越来越痛，头也越来越沉，那些热乎乎的东西顺着我的腿流到了地上，我看什么都看不清楚了，什么东西都变成了红的。我一路都在叫，我在叫虫虫，我在叫妈妈。我听见了虫虫的声音，我到家了，我看见了虫虫，他趴在门口，他在往外面爬，他在叫我。我想走过去，我觉得好累，我躺下来，我不想走了。虫虫在哭，虫虫哭着爬过来。我也哭，眼前的红色洗去了，又红了。虫虫在我前面不远的地方，他爬不动了，他向我伸出手，我把我的爪子伸向他，我的爪子轻轻地触到他的手又垂下去了。他的手上留下一个印迹，一个红红的、五个花瓣的印迹。梅花，梅花，虫虫说梅花，虫虫你看见了梅花。虫虫在哭，我不该答应爷爷叫人打你，你不是狼。虫虫，你看见了，梅花，虫虫，我不是狼，不是，我要为你找梅花，没有找到，找到梅花你就看到了妈妈，我也想妈妈，妈妈，我要去看我的妈妈。我在后门，妈妈出来了，那地上的雪好白，妈妈出来了。午后的阳光红啊，像血。你有最漂亮的梅花爪，你最聪明最善良。妈妈，你是说我吗？妈妈，我又看到你了，你看，我漂亮的梅花爪，漂亮的梅花爪……

坏蓝眼睛 /

阳光下的残叶

1. ATA

那一段日子，ATA 几乎疯掉了，失业加上失恋，再坚强的女人也势必会萎落。说起来也很奇怪，每一次都是这样，喜事总是结伴而来，倒霉也都是并肩而行。其实 ATA 是个自信的女人，她漂亮，聪明，风情万种，无论在情场还是职场上都是手到擒来，面试无往不胜，身边又总有一大堆男人追求。只是，得来容易守护难，她没有任何与人争斗的手腕，亦没有男女相处的独门技巧，只靠着年轻行走江湖，不知道这样的好运气还能维持多久，又或者说，已经到了尽头？

两个一起失去，如果不是这样，伤痛恐怕不能这样彻底吧？至少留一个作为安慰，全情投入工作或者恋爱中，也不至于如此狼狈。

翻开日历，发现这一年又将过去三分之一，时光无情到不留任何余地，不容任何商量。就这样，ATA 摸着一张将逐渐不再青春的脸，无聊地看着桌上的一盆嫩绿植物，觉得生活像个笑话。

一下子拥有了那么多的空闲时间，ATA 却没有由此萎靡下去，当然，明天也可能会更好，下一站，必须是振作。ATA 不习惯于怨天尤人，更不愿向命运低头，她打算推倒从前的一切，总结失败的经验教训，从头来过。像所有立誓重生的女人一样，她买了一大堆关于恋爱经验的畅销书，换了发型，改变了穿衣风格，又换掉彩妆的牌子，长发躲藏在迷人的花裙中，一个迷人的森林女妖就这样诞生了。

ATA 满意于自己的改变，拍拍袖口，霉运应该会一扫而空吧，即使是一片残破的树叶，阳光和煦一照，也可能恢复新绿。她还有的是时间，有的是精力，有的是信心。

最重要的是，她还认识了令人怦然心动的 WILL。可以说，WILL 的出现，让 ATA 觉得所有的一切——失落，失意，都可以打包扔进垃圾桶里去了。是谁说过，女人永远要装扮得体，因为随时可能遇到白马王子。ATA 满意于自己遇到 WILL 时的样子。

2. WILL

WILL 有一张坚毅的脸，平时不苟言笑，但是领口袖口洁白如新，身上经常有着古龙水的清新味道，眉目中暗藏着一丝不易被捕捉的敏感。日常生活很简单，上班，下班，听音乐，喝红酒，看碟片。经常会约会一些身份迥异的女人，但是很难动情。

第一次见到 ATA 的时候，他的心莫名其妙地动了一下。

ATA 大约二十七岁的样子，既有成熟的风采，又不失少女的单纯。最重要的是，当他走进那一间色彩造型室的大门，ATA 顶着一头的彩色花卷匆忙地跑出来，白得有点过分的皮肤放射出来的光彩几乎晃到了他的眼睛，精致完美的妆容没有受到零乱头发的影响，想必，那些花卷拿掉的时候，他将会看到一个厚嘴唇大波浪、充满极致诱惑的女人。想到这里，他的血脉有点奔腾，但是他平静的外表下，几乎看不出来任何心思上的变化，这是他存在于世界中惯常维持的姿态——安全、稳重，而且容易掌握局面。

那天晚上，他果然找借口在造型室拖了又拖，翻阅遍了店里摆放的免费杂志，抓住一个造型师谈他的发质问题……女人做头发真是麻烦，似乎要用一辈子那么久去等待一个新的造型。就在他即将拿着最后一张报纸、就要迎来睡意的当口，ATA 的造型终于完成了。他耐心地等着奇迹的出现，屏住呼吸，慢慢地定住目光——

果然，他没有失望，一个身材颀长、曲线傲人、一头大波浪的厚嘴唇女人出现了。

多么完美的女人，简直就是按照他的理想来设计的——即使拿到厂家去定做，也未必如此合乎心意吧。这一刻，WILL 感觉自己中奖了。当然，他的任何表情，从一开始到后来，全被 ATA 看在了眼里。在他被完美惊叹到无法言语的时候，奇迹发生了，像个终于看到童话结尾的小孩子一样，镜子里的女人突然转身，对着他说：“你好。”

3. 满足

如果世界上有“满足”一词，那么 WILL 和 ATA 各自在彼此身上找到了对它的诠释。

WILL 满足了 ATA 对于爱情的一切幻想，他是那种她一直有点敬畏，又一直很希望接近的那种男人。他的行为举止是如此的绅士，样子当然也非常周正，最关键的是，WILL 令 ATA 有一种安全感。他是那样的不苟言笑，比起身边那些轻薄肤浅的男人，WILL 显然是与众不同的。所以，ATA 才会如此大胆并主动地说了那句关键性的“你好”。畅销书上教育女人，遇到合适的男人千万不要手软，更不要让遗憾上演，主动打招呼并不会令女人丢脸，相反，主动令女人充满自信，能够把握恋情的方向；并且，对有些拘谨的男人来说，主动的女人充满魅力——当然，前提是对方喜欢，牡丹虽好，也要爱人喜欢。

在WILL这边，ATA满足了WILL对于女人的淋漓尽致的盼望。如果说他的冷漠来自于他对这个世界上女人的失望，那么ATA的出现一定是上帝的安排，是为了扭转他的偏见而到来的。这世界上从不缺各种优秀的男人和女人，只是有时候要看运气，运气好的，就遇到了自己的心头爱，运气不好的，始终揣着不甘心来回游荡。

仿佛两个人在遇见之前，都是在无边的黑暗中摸索，走了那么多的冤枉路，遇到了那么多不合适的人，伤了那么多不该伤的心，却不知道原来最完美的那个人，会在这种莫名其妙的时刻突然出现。他们的结合，完全是天造地设的安排。

ATA扳着手指头数WILL的好，成熟，稳重，多金，优秀，年轻，有品位……而WILL对ATA只有一种迷恋，来自原始的、身体上的最直接的引诱。WILL从来没有对ATA说过，当他第一次做性梦的时候，他就在梦中被一个波浪发厚嘴唇的女人征服。自此之后，他一直在寻找这样的女人，但是很失望，他一直没有找到，直到遇到ATA。

看来金童玉女的童话就要上演，却发生了一件奇怪的事情，令ATA有些不知所措。

4. 发现

那是一个周末的晚上，ATA慵懒地窝在WILL家里看西洋旧片，WILL 加班还没有回来。

时钟滴答滴答地行走，像是一头沉默的老牛。ATA 有些无聊，原来，多一个人，可以多出那么多的欢喜，一个人的寂寞，简直是太可怕了，可怕到，连她最爱的好莱坞老电影都显得乏味无趣……于是，ATA 百无聊赖地拉开 WILL 专门放碟片和 CD 的抽屉里，翻看有什么新鲜的片子。翻了半天没什么惊喜，却发现在抽屉的尽头，有一串钥匙。看不出这是哪里的钥匙，不是大门的，也不是卧室的，更不会是抽屉的。也许是以前女朋友留下的纪念？更或者是某个神秘的保险柜的？似乎都不像。她拿出钥匙把玩了半天，没什么新发现，便随手扔到了桌上。

WILL 回来的时候，已经接近凌晨，两个人亲热地旖旎了一番。WILL 突然看到了桌上的钥匙，神色有些慌张地把 ATA 推开，迅速地把钥匙收了起来。ATA 本来并没有在意钥匙这件事，但是看 WILL 的表情有些奇怪，便问："这是哪里的钥匙？"

WILL 敷衍地说："以前房间的钥匙，现在已经没用了。"

虽然 ATA 觉得有些异常，但没再追问下去。其实她对钥匙并没有特别的疑问，谁的家里都可能会保存一些旧的物品，只是，WILL 的表情真的令她觉得好奇怪。

更为奇怪的是，那天晚上，平时在欢爱中无限沉醉的 WILL 匆忙地完了事就睡觉了，一点儿都不像他一贯的作风。在 ATA 看来，WILL 是极具性魅力的男人，在床上从来都是沉迷地带她进入她从来没有尝试过的世界，这个世界美妙得无法形容，就像是鱼儿被风浪吹到了顶峰，而滑落亦是惊天动地地刺激。

看着 WILL 背过去的身影，ATA 有些失落，甚至有些埋怨自己不该让一串可能什么都不是的钥匙破坏了如此美好的一个夜晚。

5. 冷淡

钥匙反应并没有随着天亮而消失。更加奇怪的是，自从钥匙事件发生后，WILL 对 ATA 突然变得冷淡了起来，没来由，却又真实地，就冷了下来。

从前一百通电话都过不完一天的热情，一夜之间骤降了下来。女人有时候比不上男人的善变。ATA 觉得 WILL 的冷淡毫无理由，即使她有一万个错误，他也不该拿冷漠来惩罚她。

ATA 有不祥的预感，以前失恋的前兆也是这样的，热情似乎真的是难以维持，再热烈的情人，不过几个月的时间，也都慢慢冷却下来。如果没有更深刻的感情升华，分手便在眼前。

ATA 反复检讨自己的行为，亦不觉得有什么差池。也许所有的恋爱变质，除却有了第三个人的介入，便是彼此的厌恶。而这两项，似乎在这场关系中，都说不过去。

能够遇到 WILL，ATA 一直心怀激动。如果说女人的一生要完全牵系在一个男人身上的话，WILL 真的是一个绝佳的选择，之前她从来没有遇到过 WILL 这样优质的男人，之后恐怕更难遇到。所以，ATA 紧张不安起来。她甚至想，如果可能的话，无论 WILL 有什么样的要求，她都可以满足的，她不想把感情再浪费到其他人身上。合乎心意的人既然如此难以遇到，那么，即使付出一切努力她也心甘情愿，只要此情就此稳定下来。

二十七岁的年纪，不再抱有冲动的幻想，也经历过太多结不了果实的恋情，越来越渴望稳定。而 WILL 那方面究竟是怎么想的，她一点儿都不知道，她甚至不知道 WILL 究竟爱她什么。恋爱多日，他几乎从来不过问她的家庭、她的工作、她的背景，甚至她的爱好。他们的恋爱就如他们的相遇一样草率而轻浮，除了床上的温暖，她几乎感觉不到他们有任何可堪维系感情的温度。其实她应该给他更多的机会去了解自己——为了这一个可怕的发现，ATA打算改变目前比较被动的自己，重新以崭新的形象和姿态去迎合WILL。为了美好的未来，她愿意委屈自己，作出这样的牺牲。

尝试过提心吊胆的人都拒绝做爱情待宰的羔羊，有时候改变会换来新的契机，ATA 仍旧有自信。

6. 努力

ATA 像个厨娘一样躲在厨房里，摆着菜谱学做菜。以前她是十指从不沾油烟的。但是这真不是件简单的事，是一门难以掌握的学问，即使完全按照菜谱的要求去做，调料放多少，如何控制火候，也真的是太复杂的一件事，煎煳和烤焦已经变成 ATA 菜系的主要特色。不过她并不气馁，相信时间会赐给她灵感和奇迹。

做一个贤妻良母，至少要像一个贤妻良母，是成功嫁给一个男人的关键，没有任何一个优秀的男人会娶一个不闻世事、大大咧咧、没有章法的女人吧——即使她艳丽如花瓶。那些教人恋爱的书会如此畅销，实在是因为这世界上情商低的女人遍地都是，如果没有这些指导，恐怕屡屡犯错，她们仍找不到解决之道。还好这世界上有那么多聪明的女人愿意将自己的经验拿出来分享，即使书价昂贵，也值得了——就当交了学费，这世界现实到任何经验都不会白白给予的。

她想到曾经在书上看到的一句话：俘获一个男人并不比俘获一支军队容易。男女之间相处，本来就是不见硝烟的战争。要想获得成功，必须要有伎俩、有兵法，一点都马虎不得。ATA 完全赞同这个观点。这些年，她败就败在太容易放弃，任何一段感情遇到了麻烦，她的态度就是躲，躲开麻烦，好像事情就可以平息下来。但是结局往往是，当她选择躲开的时候，对方亦以比她更快速的姿态撤离恋爱现场，只剩下一片废墟残骸，连回忆起来都不忍心。

打电话给 WILL，装作什么都没有发生的样子，尽力不给他以自己太敏感的印象，尽量像个善解人意的女人一样，约他品尝她的厨艺。在等他回答的片刻，沾满葱花味道的双手几乎激动得有些颤抖。

WILL 欣然同意，如期到达，没有半丝的犹豫。来的时候还给 ATA 带了妖娆无比的鲜花，一切好像没有发生过。他没有解释这些日子他冷却的理由，她更是缄口不提她的疑问。谁愿意拿任何不快来打搅如此美好的夜呢？

那天真的是美好的夜，在一桌子美味的引诱下，他们喝了几杯红酒，暧昧的眼神不断地在空气中游走交换。红酒像是忘情水般给两个有点奇异别扭的人洗了脑，WILL 似乎一抛前日的冷淡，重新唤回了激动，嘴唇和双手不断地交换在 ATA 的身体上游走，冲动的热情占领了两个陌生又亲密的爱人。那一夜，他们似乎比任何一次都放松和满足。ATA 再次重拾了信心，并更加迷恋 WILL 了。

7. 试探

你侬我侬地爱了几个月，几乎没有什么争执，似乎真的按照 ATA 设计的方向稳定了下来。

但是新的不快又再次产生，ATA 一直觉得他们之间的热情似乎仅限于床第之间，离开了这张床，ATA 不知道他们是否彼此已经有了坚定的依靠感。但是他们的关系似乎从亲密开始，又在亲密中延续，说不出来的担忧，令 ATA 毫无安全感。女人总是要求很多，当遇到一个合适的爱人，只希望能够与他跳一支浪漫的舞，但是舞蹈后的两个人是否会继续走下去，是否真的可以不在意结果？

她感觉 WILL 有时候刻意让这段关系简单，简单到只需要满足床上的欲望。但是 ATA 需要的爱情不是这样的，她需要在床外还有延展的关心、体贴、承诺，对于彼此生活慢慢的介入和渗透。她希望他能跟她分享生活上的趣事，也愿意听她啰嗦一些人生的疑惑，甚至希望 WILL 什么时候能够手持鲜花来个突然求婚，那样她觉得人生就圆满了。哪怕仅仅是试探和建议，甚至只是一种暗示也好。也就是说，ATA 太在意这段关系，以至于她希望把这段飘在空中的关系牢牢地栽种到生活中来，以大地为土壤的话，它一定会长得结实而粗壮。她不至于再因提心吊胆而拼命去恶补男女兵法，那些东西真的有用，但是又真的太虚妄。经历了那么多感情后，她再也不对感情有什么设想和盼望，但是这一次的投入，似乎又比从前多得多，至于结局怎么样她不敢去想。目前，唯有保持着关系，尽量地向美好前进。

ATA 仍旧不断地看那些流行杂志，看畅销书，看魔女专栏，想尽一切办法去琢磨男女关系，又不断地做测试。除了这些她还有什么办法？在这场较量中似乎只有她在努力，他好像一直安然无事。她丝毫都不知道她在 WILL 心目中的分量和位置。

她想，就这样无休止地等待和猜测下去实在太被动，有必要在适当的时候，探测一下了。

但是，具体如何去探测，ATA 也没什么具体打算。焦虑的片刻，她翻到杂志上最新的流行趋势，说今年最流行厚流海的短发

look。心一横，不管怎么样，她决定先去做一个最完美的造型，再摆一个最诱惑的姿态，彻底将 WILL 俘获掉，就像他们的关系刚开始时那样。

一不做，二不休，当 ATA 从造型屋里出来的时候，她已经俨然变成了一个干练时髦而又有些侠气的短发女郎。换掉了有些拖沓的长花裙，她穿上吊带衫、短裤以及人字拖——ATA 向来对自己的外貌超级有信心，新造型给了她自己很意外的满意。那天她直奔 WILL 家去，按了门铃。她等待 WILL 的惊喜和缠绵的怀抱。

8. 意外

迎来的不是 WILL 惊喜的目光和缠绵的热吻，而是一张比冰还冷的脸——ATA 从来没有见过 WILL 有过如此残酷和诧异的表情。他们如此这般在彼此的目光中僵持了大概三分钟。

ATA 不觉得自己的新造型有那么令人失望，但是 WILL 的态度实在令她害怕。

WILL 比一块冰还寒冷地质问："你怎么会变成这样了？为什么？你觉得自己适合这样的轻佻？"

ATA 委屈无比。本来想以最时尚的造型来取悦 WILL，却弄巧成拙，搞来了如此的意外。

WILL 没有再说别的，只是沉默地走进了屋，不再说一句话。ATA 像个做了错事的小孩子一样跟在 WILL 后面，在经过镜子的时候她还特意看了看她的造型，仍旧是非常令人满意的。也许仅仅是因为没有看习惯所以觉得轻佻？可是……

更加令人意外的是，WILL 在沉默良久之后，抽了根烟，当场决定，与 ATA 分手。宣布分手消息的 WILL 脸上残忍的表情似乎表明根本没有商量的余地。

这消息宛如晴天霹雳，将 ATA 定在当时。以她的智慧，无论如何也想不通，一个造型的改变，何以会葬送掉一段美好的感情？ ATA 不断地追问，不断地试图挽回。WILL 黑着脸表示，这是他的决定，希望她能够尊重他的意见。

临走的时候，ATA 满脸是泪，无论如何她都无法预料到这个悲惨的结局。

希望这个决定不过是 WILL 一时的冲动，毕竟，以一个造型的改变而谈分手的事件听起来实在太荒唐，而紧紧关闭的房门却无情地宣告了 WILL 的绝情。

9. 倾诉

失魂落魄的 ATA 始终无法想通这件事，焦虑中，她变成了一个倾诉狂，给朋友 ABCDEFG 拨电话聊天。她用相同的语气去描述着连她自己也解释不清的这段恋情，当然，没有一个人能够为这个奇异的分手找出合适的解释。小 A 劝 ATA 去看心理医生，她被 ATA 的状态吓坏了。小 F 则觉得 ATA 心太急，太追求结局。小 E 则怀疑 WILL 早就结婚了，跟 ATA 不过是一场迷惑身心的游戏。小 G 则推断 WILL 是个不婚主义者，或者干脆是个双性恋……

后来小 D 说："干脆当面对质，不用再祈求，但是必须要知道原因。我觉得，这个分手的原因不过是一个借口，也许他已经对你腻烦了。"

虽然不愿意承认，但是 ATA 也觉得小 D 的话有道理。分手总有致命的理由，再脆弱的恋情也不会因为一句话或者一个误会而夭折，而那些看似漫不经心的借口不过都是掩盖真实想法的借口而已。而真正的原因是什么，鬼才知道。

如果真的是他已经厌倦了自己的话，恐怕这一场恋爱真的又是南柯一梦了。从来没有过的疲惫侵占了 ATA 的神经。如果说，WILL 之前，她还有最后的一点点期盼和自信，那么，WILL 之后，她真的像片枯叶一样萎靡下去了。希望像是一个女人的水分，而欲望则是女人的太阳，有了阳光和水分的供养，没有一片叶子会枯萎。但是现在的 ATA，正在失去阳光的关照，又将失去水分的支持，结局真的连想都不敢多想了。

10. 摊牌

ATA 对 WILL 并没有死心，即使那晚 WILL 的冷淡令人心寒，但是事情并不一定就此结束。

只要找到机会，一定可以起死回生。为了自己的未来和幸福，ATA 愿意赌一把。

不管他们之间是否缺少真实的生活积淀，至少他们是床上完美的拍档。回想起 WILL 曾经带给她的无与伦比的快乐和爱抚，ATA 便沉醉了，恐怕世界上再也没有一个男人，能够带给她如此充足的力量和完美的技巧了。比起 WILL，曾经经历的那些男人都像是没有长大的小孩子一样幼稚青涩，当你品尝了一个甜美的果实后，你将再也难以忍受那些干瘪的、发苦的劣等品种了。ATA 一直不愿意承认她是被 WILL 的性爱所征服，在她看来，承认这样的迷恋是不可思议的，是不正常的。但是这又完全是事实，毋庸置疑。她对他的爱是由性延展而来，她的要求也许太多，但是她不觉得自己这样有什么不对。

想通之后，找了一个阳光明媚的好日子，ATA 再次敲开了

WILL 家的门，她打算勇敢地跟他摊牌。她不想生活在焦虑的猜疑中。

WILL 看到 ATA 的到来，仍然忍不住皱紧了眉头，似乎完全没有商量的余地。几日不见，他消瘦了不少，失去她，他也没有他表现得那么潇洒，ATA 心里有些暗喜。

ATA 直截了当地问："我们究竟为什么分手？"

WILL 也很直接地回答："因为你已经不再是你，所以我不再继续爱下去了。"

ATA 不可思议地说："我明明是我，我的眼睛、鼻子、嘴唇，甚至睫毛……我仅仅是换了发型，仅仅因为我的头发变短，我就不再是我？我不明白，你爱的究竟是我，还是我的头发？"

WILL 说："你可以理解为你能够理解的一切，我只能告诉你，从前的你，是我想要的女人，而现在的你，让我感觉很陌生。"

ATA 说："真的只有这么简单，你分手的理由？"

WILL 肯定地说："真的只有这么简单。"

11. 改变

一周之后，ATA 再次出现在 WILL 的门前。当 WILL 打开门的时候，一个熟悉的身影出现。

波浪般的头发，娇俏的面孔，白得过分的肤色，以及藏在花裙子中的丰满的身材——WILL 几乎有一刻恍惚，以为是在做梦。当然，这不是梦，ATA 如此真实地站在了 WILL 的面前。WILL 只觉得一股洪流从身体的最深处奔腾了出来，男性的本能令他失去了理智，他一把将 ATA 抱在怀里，迫不及待地脱去了她的衣服，在她麦田一样的头发中他找到了一些冲动的释放口。他甚至没来得及将她抱上床，就已经疯狂地将她占有。

浴室里有 ATA 冲洗身体的声音，WILL 似乎还是感觉自己在梦中。他倒了杯红酒，清醒了一下自己冲动的头脑。不一会儿，裹着白色浴巾的 ATA 出来了，短短的发梢上还带着一些未干的水珠。WILL 警觉地发现，ATA 的长头发不见了——可是刚才看到的，明明是长发的她啊，难道是他的幻觉？不，刚才激发出的冲动将自己冲昏了——可是，现在，这一刻，他看得非常清楚，短发的 ATA 生动而鲜活地站在他面前，像个骄傲的、不容置疑的公主。

不容置疑的 ATA 笑了笑说：“看来我想得没错，你真的仅仅是爱着那一头长发。”

说完，她从浴室里抓出来一把假发，扔到了 WILL 面前。“喏，这就是你的梦中情人。”

WILL 面色惨白地跌坐在地上。

ATA 则像个胜利的女皇，终于露出了无敌的笑容。WILL 在这个笑容中，逐渐地平静下来，他叹了口气。

12. 坦白

WILL 点了根烟，对 ATA 说：“这是我隐藏多年的一个秘密。现在，我愿意说给你听。”

ATA 满意地坐在了 WILL 的对面。如果说，这些日子以来她充满疑虑的猜疑今天终于要水落石出的话，那么，即使是分手，她也不会有那么多的遗憾了。

WILL 说：“也许你不相信，我其实是一个性功能障碍者。”

ATA 哈哈大笑起来，回想起在床上像头野兽一样的 WILL，面前的他说出这样的话真是荒唐。WILL 显然对 ATA 的表现不感意外，他继续说："也许你不相信，我只有在特定的时刻、特定的状态下，才能够勃起。也就是说，大部分时间，我是一个没用的 ED 患者。"

ATA 觉得更加不可思议。WILL 熄灭了烟，拿出了那一串当时引起两个人不快的钥匙。ATA 有点紧张，虽然她并不知道钥匙的秘密是什么，但是她本能地有一种恐惧感。WILL 不紧不慢地带 ATA 走到了楼上的一个房间门口——认识这么久，她竟然从没上过他的楼。

他迟疑了一下，还是决定把门打开。ATA 一进这间屋，几乎吓了一跳——

遍地都是散落的假发和一些有着长卷发造型的充气娃娃。

"现在你明白了。这就是我的秘密。"WILL 颓废地倚着门框，声音低沉而失落，"这是我隐藏多年的秘密，现在被你识破了。请原谅我的懦弱，我曾经利用了你的感情获得自己需要的激情，当我明白这一切都充满了罪恶的时候，也许分手是对你最好的交代。"

WILL 利用了 ATA 对感情的需要作为满足激情的交换，ATA 又何尝不是利用了 WILL 对她身体的迷恋，硬要拉他进入俗不可耐的围城呢？

13. 结局

意外的是，ATA 和 WILL 并没有分手。

如果说，心理上的障碍令 WILL 的身体有了某种程度的损伤的话，ATA 并不觉得这是什么大问题。

也就是说，对于 ATA 来说，WILL 可以提供给她充满激情的感觉，她愿意为 WILL 提供形象上面的支持。他们两个就像是两片残损的树叶，都曾经希望仰赖对方的光亮来汲取养分，从而重新鲜活起来。可是，事实没有那么简单。

不过，ATA 已经改变了想法：各取所需，并不可指责。他要的并不多，而且是在她能力范围之内的事情，她完全可以拯救他的，她又何必那么吝啬？不过，在她虚假的长发背后，她仍旧会渴望着某一天，这种迷恋会随着真实的生活而慢慢转淡，身体和情感的双重升华也许真的可以治疗一些心理上的暗疾，而那就是不远的天堂了——当她终于能够帮助 WILL 克服心理障碍的时候，他们可以轻松而快乐地生活在一起。他们是绝配，比任何一对都登对，都合衬，都完美。

虽然这有点难，但是他们都愿意试。

ATA 扔掉了所有的恋爱指南，恐怕想象力最高超、情商最高的女人也无法意识到，世界上有一些感情，是那么的怪异，那么的不合逻辑，是无法按照兵法去分析和继续下去的。

ATA 逐渐帮助 WILL 解决了隐藏的秘密，WILL 也变得明朗起来，不再是那个面色严肃、沉默不语的男人。ATA 也总算将这一场战争坚持到底并获得了胜利——他们终于如愿地结婚了。婚礼那天，所有的人都羡慕这一对金童玉女的组合，但是谁都不知道在这场美满婚姻中暗藏的障碍。不过，谁能保证每场婚姻都如表面上那样光鲜明亮呢？想到这里，ATA 仍旧紧紧地挽住了 WILL 的双臂，任凭祝福的话一串一串向他们涌来，任凭那美满的酒一杯一杯地灌下。她像是一场阴谋的设计者，又似乎是别人阴谋里的同谋者。不管怎么样，只要有希望和欲望存在，就算再残破的一片树叶，都可以找到重生嫩绿的机会。

马 好 / # 爱情的天赋

有时候你会诧异于时间就像一个巨大的口罩，密密麻麻的针眼儿；人就像蝼蚁，或者蟑螂，或者像任何一个不知名也不起眼甚至有些惹人厌的卑微的小人物一样，穿梭在永恒的定格的偷偷地看着你笑的有掌控力的时间的手心里。它好像永远在那儿，永恒得让你绝望。告诉你，关于时间这件事儿，你简直不要企图去弄明白它。从我还是一个拖着鼻涕小辫上扎红花的小姑娘那时起，从晨曦直到夕阳红，从《十万个为什么》直到《金刚经》，直到我成为一个身长一百七十厘米、体重五十公斤的另一个姑娘为止，这是我唯一的结论。

不管是佛经里告诉你，时间是你未净六根无法互通的精神的延伸，还是哥本哈根的老头子告诉你平行宇宙的尽头空无一物，时间并非是一种维度，只要你依旧热爱穿高跟鞋、出门时要照镜子，或者依旧纠缠在爱欲情仇风月情事里，你就会死，就会随时被死亡给吞没掉。它像强酸一样，一点点地，一秒一秒地爬行，吃掉你的心脏、肺、肝、肾、嘴唇，最终吃到你意识的根部——那极为微远极为细小的无法捉摸的“法”的时候，你就会死——身体，连同爱情，连同时间。

我有意去夸大我的情绪我的情感，并且相信这种精神上的有力支撑才能使我站在高楼上的时候不会随时都有想肝脑涂地的欲望，或者走在路上的时候不会随时都有要血溅当场的念想。

有一半的清晨我酣睡着，以一种最能得到安慰的姿势蜷缩着，只露出两只手，皮肤白净，细细流着口水。在另一半的清晨里我穿着七英寸的高跟鞋走在路上，或者站在窗台边上，守着看天慢慢地一寸一寸地亮起来。我一次一次地这样干，甚至获得某一种类似被虐待的快感。就像诞生在白天，回转，却不知道什么时候醒过来时却是黑夜。就像在短短的时间里就穿越了黑白，就像生命出生又死去，然后诞生在一个全然孤茫的时间里。

好像在那一瞬间，过去的时光，就有了一生那么长，涵盖了即将开始的和即将过去的。从未有过持久的安全感。

就像这样，我一次次地和生命相互较量、相互蹂躏，以磨炼自己打倒对方为乐。于是在以这样的清晨为开端的每一天里，我都在矛盾、狂喜、沮丧、痛苦这种种极端的情绪中来回纠缠，猝不及防地把我的生命推到最为拙劣的境地之中。

这样的变态形式大概开始于十八岁，我正式成为一个女人之初。

毫无疑问我是有着一种感受力的。有时候我能感觉到这种感受力像我的身体里柔软的触角一样，试探着外界的环境和事物。在最安静的时候我能感觉到云在飞、鸟在鸣。我能感觉到自己身体的状态：偶尔是通透的，直着往下的，呼吸流畅；当然绝大多数时候它是一团混沌的饺子馅儿。

这有助于我发展一种直觉——我知道佛经里称之为阿赖耶识。就是那种在你还没有意识到“它在那里”时就已经知道了会知道“它在那里”的这种识。佛典里也把它叫作第八识或者藏识。

它有些拗口。在一些莫名其妙的时刻里我无师自通地进行一些禅定。可能仅仅是坐着的时候，就忽然定了下来。我看到气息像水浸入海绵一样，慢慢地充满整个身体。一开始粗厚笨重，渐渐地成为各股涓涓细流，蔓延至每条透明的毛细血管里。最后它竟然停顿下来，停顿在一个空旷的平台上，像风刮过，霎时空无一物，所有的时空和意识都凝在了一起，不动，成为固体。专业的说法这应该叫作摄心。

我的能量还远远不够，我什么也看不见。但是我知道它在那里，它就在那里。

我和纪小雪排队去看大学校园里上演的第一场先锋戏剧——《恋爱的犀牛》。当时我还不知道这是将让我获得深远的安慰感的戏剧。所谓安慰感就是你终于知道这个世界上并不仅仅只有你有一些莫可名状的思想情绪和意识流动——那种你无法把握掌舵的流动，你知道它是水，但是你甚至无法让它连续和具有方向性地流动。恐慌和烦躁的时候，你将获得安慰。

它的编剧廖一梅说：我一直是个悲观主义者，对生命态度淡然，认为向这个非我所愿而来，没有目的又缺乏意义的生命讨好献媚、曲意逢迎是可笑的举动。

很多和这句类似的话像刀子一样扎在了我的心里，我终于知道我不是一个异类，只不过稍微活得清醒，而这种清醒在对抗永恒和宿命的时候获得了理所应当的挫败。

就像廖一梅说的，当知道了人类并不具备获得幸福的天性，长期折磨你的痛苦就消失了。

我们进校门时是九月的秋天，天空偶尔有大片的宝石蓝。宝石蓝过后，傍晚七点钟的天幕有了一种神性，夜风安稳，时间凝结。

当天空的腹部出现橘红色的从西边轰轰烈烈涌过来的云时，我总是偷偷地穿着拖鞋溜出宿舍，躲开纪小雪，坐在广院操场的最高处。底下有偷偷摸摸搂搂抱抱亲个小嘴的情侣们。我来广院之后还没穿过一整套的玫瑰红，因为还没什么事让我那么高兴过，所以我总是穿着长度过膝的灰色裙子和一件前排都是扣子的开襟小衫。

我相信在神性的云朵的照耀下我的脸蛋儿有着特殊的光辉。也许是不合时宜的苍白，也许是鼻尖的风声，总之，一切所谓的寂寥都是有气质的。可惜纪小雪不懂，她总是穿色彩鲜艳的连衣裙，这使她的美丽看起来微有廉价。我正在试图改造她。

一个寂寥的女人总是有着某一种特殊气质的。我深信这让我就算趿拉着西街五块钱一双的拖鞋也像是穿着LV的新款人字拖。

刚刚开始的几天，我看天空看云朵看树木看操场。我站在制高点张开手臂向下看，就像一个拥抱着世界的神祇。配合着来来往往的风声，我听到身体里的血液循序往下流淌。这是一种好不容易才能有的畅快状态。纪小雪曾经怯怯地说我像个女巫。我告诉她身体是每一个女人和世界共通的感应器。静下来，静下来，你将会得到不一样的感受。

后来当我发现了一个男孩后，我就停止了四处瞎看，转而开始看他。踢球的男孩，穿着浅蓝色的牛仔裤，球衣是贝克汉姆的七号。但是他和贝克汉姆的那种轻薄英挺一点儿也不一样。首先，他英俊而不英挺；其次，他也不轻薄。在傍晚的球场百来号人中我发现了他，就像发现了一块巴西的宝石。我能感觉到他的气场，有磁力的，以及汗湿在背上所散发出来的荷尔蒙或者各种多酚的味道。

当然我一点儿要去认识他的意思也没有，因为我同时能感觉到我们之间的相克性。也许我们的冥王星和土星之间呈现九十度相刑的相位？星座书上说那是凶相——其实它是一个蕴涵着巨大能量的相位。这有什么呢，对吧？毕加索很久以前就说过，任何值得人们去做的事情都得不到关注。总之，人们是没有多少远见的，我们的生活中充满着各种各样的谬误。

气场强大的人身上都蕴蓄着压制和爆发力，有一种别样的力度。

我在夕阳下看他，就像看着古格遗址或者墨脱秘境。那儿在午夜的时候也许会有灵魂的光出现，就像奔跑的这个男孩一样有着特殊的质感。

我爸我妈离婚的那一天我头一次在大学里穿上了整套的玫瑰红。一条丝绸的玫瑰红裙子和一双镶着水钻的玫瑰红高跟鞋。他们早该离了。从他们身上我知道了一个道理：你无法去救赎任何人，哪怕是你最爱的可以毫不犹豫牺牲自己的生命去成全的人。爱和救赎不是一回事儿，每个人都只能成为自己的救赎，当然也只能自己作茧自缚。

我为他们的离婚欢欣鼓舞。任何一个不能让自己快乐、对自己好的婚姻都是值得离掉的，从此他可以去找他的蔺燕梅，她可以去找她的童孝贤。

我试图在这个特殊的日子里去想起那些曾经温情的片刻。比如说他们一左一右地拉着我的手去逛公园，我左手拿着“小雪人”，右手拿着小豆冰棍；或者他们曾经打跑那些和我作对的男孩女孩男老师女老师们；要不，他们在我发烧的时候手挨着手地一起喂我吃冰粥？可惜这一切都似有若无。他们很爱我，但这不妨碍我获得不合情理不合时宜的教育以至于我把他们的教育像绕障碍一样避开直奔大本营——随心所欲地生活。我一直在以杂草的姿态顺利成长。十八岁以前我听我自己的，十八岁以后我听从感应。

所以我找不出任何使自己难过或者矫情或者煽情的理由。

我换上玫瑰红的裙子的时候纪小雪的眼前一亮，她说其实你穿玫瑰红很好看，皮肤很白很衬，我还以为你只会穿黑白灰。

我从十六岁开始就进行着各式各样不痛不痒的早恋，所以十八岁时，我早就告别了青涩的初恋。什么青苹果，什么苦涩，什么淡淡的酸淡淡的惆怅，在我看来都是一些扯淡而且做作的词。我交女朋友的原则之一也是她十六岁之前必须有过初恋——我坚信在十六岁还没有心动过的女孩不仅是不完整的，而且是愚蠢的。

我容忍与生俱来的罪恶，却憎恶后天的愚蠢。

恋爱已经成为当年的我对抗坏情绪和表达自己的重要渠道，也是唯一一个能将我和那些身穿白校服戴着眼镜埋头计算XY方程有解无解的女孩们区分开来的方式。我厌倦做一个好学生，我需要和大人眼中的小混混差生小流氓搅在一起。我的学习成绩呈现出一种诡异的态势——所有的老师们都不知道该怎样对待我。我在五月份的月考中能考倒数第三名，也能在六月份的时候忽然变成正数第三名——我绝对不是故意的，我没有那么聪明，成绩的起伏取决于我那段时间的恋爱状况。如果我的男友A在这一个月里热爱上了喝酒，那么在这个月里我的学习成绩将会很好，我脸色酡红醉醺醺地散着酒气走进考场，做数学大题的时候必将如有神助。反之，如果我的男友B在这个月里迷上了打电玩，我的物理很有可能考不及格，原因是电玩室里大量的辐射和电波使我在用左手定则右手定则安培定则确定电磁场的时候受到了电波干扰。

在中学时代的大多数时间里我穿长裙，黑色的长裙。我不看安妮宝贝，我看卡尔维诺。我也不看韩剧，我看基耶洛夫斯基。

不是因为真的觉得他们好看，也不是假装文艺，而是因为我相信任何一种长久的快感和幸福到来之前我们都必须经历一系列的痛苦和忍耐。阅读也是这样。没有人能够白得到什么。看韩剧，你就选择了浅薄的感官快乐。要获得智慧和认知，就必须看那些杀死了一些脑细胞的迷宫故事。

就连荧屏上的欢笑和泪水，也是有着高下之分的。

我和各种各样与我的喜好相符的男孩恋爱。

我喜欢的男孩类型从来没有改变过。不是特别白净的——至少别超过我；不理光头和不留长发的——别装逼；笑起来的时候要尽心尽力的——精明而现实的男孩总是连笑容都要算计的；不循规蹈矩的——要逃学，最好是直接就别上学；很穷但是很大方的——那个年代没谁有钱，但是再没钱也不能露出寒酸相，他可以说，我没钱了，但是不能说，像我这样的穷人。这是不一样的。

我想我是苛刻的，以至于我总是和某一个男孩恋爱一段时间后就感到索然无味，就开始逃避或者粗暴地离开。

没什么，至少在经历的时候是快乐的。我和 A 一起垫砖头爬学校的大门被保安吓得掉下来，和B一起混迹在每一个赌球和“百家乐”的小场子里，和C一起在逃课的雨天在湖心划船。我偷穿过我妈的高跟鞋，偷过我爸的钱——我趁他午睡的时候匍匐着爬进他们的卧室偷偷地拿出钱包（有好几次他忽然睁眼把我吓了个半死）。每天我都在学校的洗手间里脱下校服，从包里拿出我妈的高跟鞋。不知道为什么，十六岁时我就觉得这种纤细而且容易令人摔跤的物质有着一种楚楚可怜的气质。

我经历过的每一个男孩或者男人都是无辜的。我时常和比我大十岁的男人相爱。成长得太快使我走马观花一路领先地草草路过他们。

我生怕落后，一路快跑，却不知道我已经不知不觉跑过了头。

在我还没有见过最盛大的壮美之前，我就已经迫不及待地扑向了拙劣。

生命本身是美的，所有的孽障只是自为。

终于像每一个具有洛丽塔情结的故事那样，在我十七岁的时候，我终于做了一次关于爱情的骨头穿刺——我爱上了一个三十岁的男人，他叫无疆。我对于生命的感应也是他教给我的。

我生在云南。云南最重要的东西不是丽江和香格里拉。

见过兜头淋下的瓢泼大雨吗？一阵一阵的，从天那边的隆隆雷声处一路刷白地掀过来的雨，让天就像塑料布一样被掀起的雨。见过犹如神启的哈尼梯田吗？无数的人生在这里死在这里，永远也没有走出这几片山，于是他们带着绝望和无望开垦了这一片片的梯田，作为生命曾经存在过的印记。见过雷雨的夜晚会鬼哭狼嚎的战马沟吗？巨大的磁力使得时光倒流，就像我们现在看到的星星已经是一百五十亿年前的星星一样，亡灵在千年前哭泣。

关于云南，值得一说的太多。现在我要讲一讲花腰傣的故事和竹林街的故事。

十七岁的时候，我读高三。我第一次清楚地感觉到自己的民族血液。我忽然像竹节一样往上蹿，像每一个傣族少女那样有着三道弯。我身长，纤瘦，把头发盘到头顶上去。我来来回回地在这个破败小镇上的街巷游荡，在雨停的时候，我从学校后门的黄土墙翻过去逃学。

小镇是顺着山势而建的。我穿着塑料的凉鞋，故意踩进从山上流下来的水里。水里有着枯枝和树叶。在上坡下坡路上的雨水中，我完成了对自己少女时代的全部穿越。

忘了是哪一天，逢上赶集。在花腰傣有名的竹林街上，我捏着芭蕉叶包着的鸡血红的糯米饭，在挤满卖篾箩、卖米、卖鸡的乡镇人的街上瞎逛。我无所事事。那些裹着白头巾的傣族女人，肤黑，嗓门大，叽里咕噜地说着傣语。

我蹲下来看山上逮来的蛐蛐儿，看卖蛐蛐的傣族老人手臂上的文身——蓝色的，时间久了以后呈现一种暗蓝色，边缘是黑的；花样是层层的佛塔，很漂亮。

忽然在我身边有人蹲下了。我从侧面看到他的眼睛。他大概有三十岁的样子，神情平淡，身上背着一个尼康D70s，明显的外地人的样子。他说，这个文身只有壮年男子才能文的，这个老人年轻时是他们寨子里最英俊的男人。

我抬头看看老人，他微笑地点头。我于是转头去看身边这个讲着一口好听的普通话的男人。他神情平淡，眼睛很亮。

我站起来继续闲逛，这个外地男人一直跟在我后面。终于，到走完竹林街的时候，我们搭上了话。

他说，你是最纯正的花腰傣。

我说当然。算他说对了，我的身上流着傣族土司的血，我的外婆是土司家的女儿。

我不知道现在的我怎么能那么若无其事地说出这段当时让我心旌荡漾的相遇。后来我给纪小雪讲这个故事的时候，纪小雪说，哇，你们好有缘分。我说，如果这个世界上真的靠缘分就能维持爱情，杨丽娟早就嫁给刘德华了。

但在当时，无疆，对于我这样一个早熟的少女来说，有着一个成年男人所秉有的最致命的吸引力。

何况后来我知道我是一个偏爱年纪大的男人的早熟少女，就像洛丽塔那样。

他的出现让我无所事事的逃学得到了有力的填补。他开着一辆白色的切诺基，开到我天天翻过的土墙下面，我从墙头上跳下来时，他会接住我。我一点也不怕他会忽然放开手然后我摔个结实。我信任他。

我问过他你是干吗的。

他说我是一个研究者，研究少数民族文化的，研究花腰傣。他抬头看着我微笑。

大多数的时候我们上街去吃一碗木瓜凉粉或者西米露，在冷饮店里对坐一整天。少数情况下我们去他家。我在这儿长到了十七岁，从来不知道在我们这个破旧的小城里，在这个长着青苔、充满普洱茶味道的潮湿小镇里还有像他家那样的地方。他住在那个漂亮的大院子里，院子是云南的三坊一照壁、四合一天井的格局，全是原木的屋檐和柱子，墙上是漂亮的民族壁画，还有各种各样的古董。虽然我不懂，但我也知道这些是值钱的。

我曾经疑惑地问过他，一个研究员有那么多钱吗？

无疆淡淡地说，这是我全部的钱，我的下半生就要在这里度过了。

可惜那个时候我对钱没有太多的概念，对男人也一样。

院子里有一个青瓷的水缸，我脱了鞋坐在缸边，用葫芦做的瓢舀水往无疆的身上浇。他也不恼，他总是那样，一副淡然的微笑神情。大多数的时候他赤脚坐在用鹅卵石铺成八卦图的地上，看白云，看树，看我玩儿。

有时候我们接吻——我从未经历过比这更为纯洁的情感了。接吻，仅仅是接吻。很长很长的时间。缓慢地，要把气息全部传达给对方。柔软的，只用舌尖的，优雅的。无疆说，这叫法式长吻。

你去过法国么？

无疆没有回答，只是若有所思地说，那些美丽的咖啡馆，分布在左岸。分为三种等级，屋内的、屋外的和便利的。巴尔扎克在那里喝过咖啡，伏尔泰在那里喝过咖啡，毕加索在那里喝过咖啡，左拉在那里喝过咖啡。那里出产过最美丽的法国电影。法国左岸，新浪潮。他们信奉巴赞的长镜头，他们被电影史记住，他们是阿伦·雷乃、杜拉斯、特吕弗。

对了，无疆喜欢喝咖啡。小镇上没有煮和蒸馏的咖啡。他用一个长管子的咖啡壶和一粒一粒的黑色咖啡豆。

这叫虹吸咖啡壶。

我有些沮丧，我不知道。我们这儿没有这些。我们这儿很少有人喝咖啡。

无疆笑了，说，可是这里出产着最好的云南小粒咖啡。

我也没有去过法国，也不知道新浪潮。我更加沮丧了。

无疆转过来看我，眼神中是从来没有过的认真。如意，你要记住，你和他们不一样，你和他们所有的人都不一样。你以后会去很多很多的地方。人的一生，富甲一方和穷困潦倒，所得到的人生体验没有什么不一样的，重要的是你要有足够多的体验，好的不好的。这些体验将会被你这一生记住。

人的一辈子，要在探寻人性的可能性的路上，走得更远，再远一点。

唯一一件能让生命遗憾的事情，就是等你临终，闭眼的时候，方才发现对于这个世界，对于你自己，原来你一直知之甚少。

那个傍晚，云南掺着血丝的落日在无疆家的土墙上摇移出细碎的光影，然后那影子像缠脚老太太的裹脚布，拉得长长的。

那是一个美丽的傍晚。我想我记住了无疆说的话，以及爱上了说出这些话的他脸上对于命运的敬畏。

我应该感谢无疆，否则在这个云南的小镇上我一辈子也不会知道博尔赫斯和他像迷宫一样的故事，不会知道卡尔诺维和那看不见的城市，还有三岛由纪夫和夏目漱石。

很多个本应该在发白的灯下上晚自习的夜晚，很多个本应该挥汗如雨做测试卷的放学后的下午，甚至一些重要的复习课里，我都顺着长草的土墙翻过去，在无疆的院子里喝着哥伦比亚咖啡细细阅读，以及接吻。

在这样的情形下，我却忽然获得了极大的心灵成长。无疆说，来，我教你玩一个游戏，外星人的游戏。

我依照他的话而做，我们把彼此眼睛之间的距离减到最短，眼球紧紧相碰，然后，一，二，三，睁开眼睛。

无疆说，你看到了什么？

我忽而有些迷惑。我不知道黑糊糊的眼球里有什么，但是我确实感受到了一阵心脏的震悸。

无疆说，这是智慧。

还有一次我成功地瞒天过海，和无疆去了一个开车要一天一夜才能到达的地方。在路上我无比兴奋，然后裹在他的军用大衣里慢慢睡着了。醒来的时候，漫天遍野的星光，像凡·高的油画，汪洋恣肆的美。我转身去看身边的这个男人，他依旧年轻，眼角有着细瘦的皱纹。切诺基在颠簸的弹石路面上发出轰鸣，刹车片也有些松动。我撒娇地倒向他的怀里。他并不看我，他看路面。路边水洼反着光。

无疆，我有时候觉得你是一个像一堵墙一样的男人。我伏在他的腿上，不肯起来。

怎么说?

就是我一路奔跑着往你身上撞，却因为我的力量太小，你的力量太大，于是我使的所有力气都反弹回来，造成了自己的内伤。我幽幽地说。

傻丫头。

我觉得你就像喜欢小猫小狗一样喜欢我。对于我这叫作爱情，对于你却不是。

于是他低下头吻我。

我们的车穿过一座一座的大山。深沉的夜幕下浓重的树影里像隐藏着很多欲说还休的传说。我迷迷糊糊地不知道睡着几次又醒来几次。天终于蒙蒙亮了。

还没到么?

快了。

是什么地方啊?无疆没告诉过我要去什么地方，他只告诉我那是一个我去了就不会忘记的地方。

我嘀咕着，你看还是山，一座又一座的山，我们不会就是来看山的吧。

忽然车转了个弯儿，天和地忽然开阔起来。

无疆笑。我尖叫，你看这是什么？天啊！

所有不起眼的微小连在一起，那就是恒长的伟大。只要足够有耐心。

车窗外一片一片几乎有万亩的梯田顺着山势延伸，一个山头一个山头地扑面而来。在清晨凛冽清凉的空气中，梯田和风的气味迎面吹来。水田里反着光，亮亮的像细碎的水晶石。

我从来没有见过那么多的梯田。天哪，太壮观了。

无疆不说话，他跳下车来坐在田埂上点烟。他老是抽气味特别浓烈的云南烟。很多时候还裹上烟丝放在水烟筒里，顿时就有白白的浓烟喷出来。我着迷地看着他。

他穿着宽松的户外卡其布裤子，黑色的有领T恤，有着沉默不语但是强大得无法撼动的气势。

赤脚坐在田埂上，我躺在他的怀里听着他的心跳声。

你的心跳和宇宙的心跳是同一个节奏。

我感觉身体逐渐被空气抬起来，原来沉重的身体慢慢变得轻飘和温柔，像烟，或者水。

我忽然像得到了一些领悟，一些对于少年来说注定只能是模模糊糊的领悟，和存在、宇宙的共生都有关系。我忽然觉得人体本身和宇宙万物的存在都有着联系。

我们所能感知的，其实应该比我们感知到的要多。

我们能看到的，也远远多于我们所看到的。

你感觉不到，那是因为你浑浊。

我忽然有了浑浊的感念。我能感觉到我身体的杂乱无章和浑浊。就像一潭水，我们是因为浑浊，而没有看到生命深处的物体。

我们的空间忽然就静默下来。静的，没有幻念的。感知的。

远远地，农人起床了，看到村庄的上空有烟飘出来，看到耕牛随着鼻子上的铃铛一摇一响下田了，云彩也慢慢地移动着变了颜色。乡村的清晨空气清新，像醉人的乙醚。我们听到地球的呼吸在山峦的胸膛间一纳一吐。

我在无疆的家里乱窜，来回跑，坐在水缸上晒太阳、翻书、喝咖啡，他在的时候和他接吻，慢慢地试图去澄清我的身体。

它先是浑浊的，然后慢慢变成了半透明的蚕蛹状，然后一寸一寸地移动，有的地方变得清透，极清极透，像手指一掐就会破，里面有着液体。

睡觉的时候我开始不自觉地蜷缩，像回到子宫里的状态。

在这样的状态下我的学习成绩忽然不可思议地好起来，好到令人诧异的地步——很少去上课，却开始遥遥领先于第二名。

而且，我忽然获得了一些令我自己都惊异的直觉能力。

我第一次客观地感觉到自己的这种能力是在一个下午。那天外面很热，县城里的日头就像红辣椒滴下来的辣油，狗都懒得动，伸着舌头喘粗气，空气很静很静，静得像要停顿下来。我正躺在无疆家那宽棉布沙发上看书，忽然，我的脑海里刷地闪过一个念头——现在几点了？紧接着又一个闪念，一个数字嗖地蹿到了我的脑海里，像一个电子时钟的屏幕上显示的一样——14：28。

我忽然很想知道现在究竟是几点，于是就飞快地跳下来光着脚跑进里屋拿了一块表出来。

上面显示着：14：28。

我呆呆地看着上面的时间，哭了起来。

进入高三下半学期以后，我忽然背负了不可推卸的责任，或者说不能被辜负的厚望。我是这个县城里学习最好的学生——我也不知道这究竟是怎么回事。其实很多时候，比如说做一道选择题，当我踌躇着该选什么才好的时候，我的脑子里忽然会有一个模糊的影像出来，比如说一个灰暗色的 C。我当然就选了 C。事实证明，在百分之八十的情况下， C 就是正确答案。

当然在大多数的情况下，我依然是一团非常混沌的饺子馅儿，气流无法贯通，有时候甚至是壅塞在某一条气管里——正因为我能比别人稍微明晰地感觉到这气流的流动，所以我更加坐立不安浑身难受。

高考前的最后一个月，我没有再去无疆那里，我被学校关了起来，荒唐地作为这个小县城里百年难遇的人才被安置在一个宾馆的房间里，理由是给我更为安静的环境去迎接高考。我烦躁地揪着自己的头发。我甚至无法睡着，我感觉到空气就像一只吐着热气的怪兽，向我的心脏和血管强压下来。半夜里我身体的气流流到脚底，就像牵着泥偶的一根线，扯着我心脏的一根神经。我几乎是抽搐着走进了考场。

我不停地在想，无疆会找我么？他一定是找不着我的，那怎么办呢？

不知道为什么，那几天我一直有不好的预感，就像一团乌云罩在了我的头上。

高考那天，我飞快地写完卷子以后，把校服系在了裙子的腰部，冲出考场。我一路狂奔，翻过墙，绕过一排排的砖瓦房，冲到无疆家。

铜门依旧锃亮，可是上着锁。锁上有两个雕工细致的石狮子在笑。

我等了一天。太阳从大门的左边开始，一路摇到了右边。大门的每一块都亮过，又暗了下去。

可是我的无疆，他再也没有出现。

我费力地找来了砖头，一块一块地垒起来，摇摇晃晃地爬上去。骑在大门上，我看到院子里依旧清幽，树还是绿的，水缸里还是有水，甚至能映出夕阳。桂花树下的石桌，也还是有着斑驳的树影。

可是我的无疆呢？

我狠了心，从大门上跃下去。高墙大院的门，我跳下去就把脚给崴了。我一瘸一拐地穿过一间间屋子，房间里还是一样的阴凉、干净，咖啡壶还在，书还在，甚至连床铺也还在。

令我绝望的是：我打开柜子，发现无疆的所有衣服，那些我爱的卡其布裤子和有领的T恤衫，它们一件也没了！

我的直觉又上来了，它们穿过我的胸膛，穿过我的脖子，冷冷地蔓延上来——

无疆走了，他走了，他带着你爱的衣服和你爱的气场走了。他可能是死了，也可能是去了远方。总之他再也不会回来了。

我像是被鬼捏住了，又像是被痰卡住了脖子——我甚至哭不出来。

我忽然感到了我对于人的恐惧——这恐惧给我造成了很大的阴影。我爱一个男人，可是我甚至不知道他的过去，或者他的未来的可能性。

我爱一个男人，可是我不知道他有过几个女人，甚至不知道他有没有妻子。我是不是一个令人憎恨的要被吐唾沫沉猪笼的第三者？不知道。

我甚至不知道这个男人的真名是什么。我只知道“WuJiang”这个音。我不知道这是应该写作无疆、吴江、吴疆，或者别的什么吴和什么疆。

他甚至能够不和你说一声就走了！

这多么地令人恐惧。

我对于我爱的人，竟然如此无知。

整整两个月，我守在他家的大铜门外。这个男人，他却再也没有出现过。

在无疆的身上，我感到了对爱情的绝望。

你爱的人，他总有一天会消失的，消失得就像他从未出现过一样。

两个月之后，我收到了来自北京的录取通知书。

我大学时代的男朋友黎颜失踪了。

他的电话一直处于关机状态。

一周了，找不着他。我站在家里大大的落地窗前发呆，窗外是云南葱郁的树木。

为什么我的男人，我生命中当了真的男人们，他们都像一个肥皂泡一样，莫名其妙猝不及防地失踪了，消失得干干净净瞬间空白。我讨厌等待，讨厌曲折，讨厌空白，讨厌空虚。可是我喜欢的爱情，却充满了这些虚幻而丑陋的特质。

我收拾了行李去西藏。布达拉，不夜城，扎什伦布，我都略作停留地走过。直白的紫外线让我暂时中断了对黎颜的念想。哼，让你失踪！我有些气急败坏，但并未恐慌泛滥。我知道黎颜是爱我的，他把头埋在我胸前时充满了依恋。

顺着海拔高度旅行，我的最后一站是海拔接近五千米的羊卓雍错，西藏圣湖。我在羊湖附近的小镇唯一的宾馆里住下，那儿的毛毯和被子都有浓烈的羊膻味。西藏的月色格外静美。轮月缓慢地移步到天空的一处停下，温柔地把绢缎般的光华铺开，羊湖因此熠熠生辉，有着不似人间的胜景。

连续好几天，我白天晚上都在羊卓雍错湖边散步，比起人满为患的布达拉，羊卓雍错让我感觉到安全和慰藉。湖边还有小庙，庙边堆满了五颜六色的玛尼石，经幡飘摇。藏人牵着牛马，姑娘脸色酡红。罗布林卡和达马节上大罐的酥油茶，银色头饰，雪山顶上穿透的歌声，这些都让我感觉到新奇和有趣。

我打算在羊卓雍错待一周。一周以后，我将搭车前往山南地区，然后绕道回家。

最后一个晚上，月光和来自羊湖的反光照得草地上亮如白昼。草地潮湿，有小水洼。草地的那边好像是帐篷，里边有喧哗的人声和劝酒声。这个时候自助游已经逐渐流行。住帐篷，吃简单的食物，收集经验而非纪念品，已经成为一种生活态度。

我有意绕开人群，于是回头慢慢走去。反正羊湖没有路，去哪儿完全凭自己的方向感。

树木在草地的水洼里映出剪影，月光让多杈的树木形成了好看的银白色的轮廓。在这银白色的树下，我看见了一个人。那个人站在树下抽烟。

因为是在这个地方，在这样的月光下，这个人的剪影呈现出一种充满仪式感的神秘味道。

月光像牛奶一样，从那个人的长发上流泻下来。像耶和华说的那样，我走到了流有蜜与奶之地。

我揉了揉眼睛。

如果说以前我还对宿命有所怀疑的话，那么从这一刻起，我确是相信了宇宙中有我们无法了解的一个体系在独自运转，这个体系旨在带来好运、坏运、相遇、离别和重逢。命运在用隐形的手指路，一路上的山峦起伏豺狼分布，不过是伏笔而已。

没错，这个把头发扎成一束的男人，这个穿着有领T恤和卡其布裤子的男人，确是我不一样了的爱人。

我走到他面前，声音嘶哑——无疆。

他有些不敢置信地看着我，我的眼泪忽然决堤而下。我怔怔站在那里，哭得就像一个手足无措的小女孩。我就这样，站在美轮美奂的羊湖的月光下，面对我少年的爱人，哭得情真意切，哭得那样撒娇，哭得无法处置。

多年以后我原谅了自己，那个时候我还小，小到我完全无法认清爱情和生活的实质，小到果真只是一个手足无措的小女孩，我只是一厢情愿地凭着我的想象在生活、在爱。你怎么能要求一个小女孩具有理智的爱呢？她从未涉及金钱和现实，从未涉及克制、隐忍、优雅，以及性。

无疆并没有过来抱住我，像他一年多以前那样对我毫无隔阂。他只是有所震动地看着我在哭。他有些老去，却未曾因此丧失魅力。他的头发很长，五官依旧很淡，眼神里还是我不曾了解的深刻和智慧。

他声音有些嘶哑，说，如意，长大了哟。

我甚至说不出话来，我只是一个劲儿地哭。

在他不见了以后，我从未流过一滴眼泪。前面说过了，我是一个倔强地对抗着生命的女孩子，我深信一个对我的生命来说很重要的人，不可能无缘无故就失踪了，从此天各一方永不相见。我不信。如果是那样，我们活着还有什么意义？我们将会恨不得生下来就死去，我们完全没有必要去经历一生这么漫长而虚无的过程。

我是一个彻底的唯心主义者。像所有唯心主义的大师们一样，我知道我的意识受到某种超自然的神秘力量的指引。

我于是相信无疆会再度出现。

要知道，和他的重逢不仅仅是重逢，它还整个地坚定了我的价值观——让我变成永恒的唯心主义者。我讨厌达尔文，不相信人是猴子变的，讨厌亚当·斯密，觉得世界的混乱都是由“消费指导生产”这样的理论造成的，深信数学、物理等等都只是浩瀚宇宙表现出来的非常微不足道的小把戏小规律，宇宙真正的秘密静默地存在于人的意识和呼吸间。

我像一个摔了跤以后憋着一口气奔跑的小孩子，咬紧了牙关，闭着嘴唇，脸蛋上出现因为憋气而具有的青紫色，终于跌跌撞撞跑到终点，哇的一声放声大哭。

要我怎么跟面前的男人说，我十八岁的生命，因为他，曾经承载了太多的委屈。

就在我哭得不可一世委屈得一塌糊涂时，无疆的身边走来一个女人。我顿时止住了哭，而无疆的脸色有些尴尬。

我细细打量着面前的女人：眉眼端正，化着淡妆，是大气优雅的女人。无疆看了看我，然后对女人说，肖肖，咱们回帐篷吧。外面冷。

我呆呆地看着无疆搂着这个女人向帐篷中走去。

我知道这是我的一个重要的时刻：再也不会有比这更为耻辱的了，这将是我的一生中，最为耻辱的一刻。我的眼泪还挂在眼圈上未干，可是我不会再让它掉下来。

我终于知道，这个在我的生命中无比重要的男人，原来，在他的生命中，我并不重要。

我转身就走，没有再看他一眼。当我顺着月光走到公路上的时候，柏油路泛出清浅的寒气。我知道那个女人并没有把我当回事，在她的心里我只是一个无足轻重的小女孩，清汤挂面，唇齿之间满是幼稚的奶味。

月光打在我的心里，我的心里空空荡荡一马平川。

忽然有人从身后抱住了我。满怀都是我回忆中的味道——烟草味，汗味，头发味，衣服味，我能够清楚地分辨他身上每一个部分的味道。

如意。无疆的头发撩到我的头上。你别生气。

如意，我来问你的电话。他的身上因为奔跑有汗珠，湿湿的。

我低下头，眼泪不受控制地落下来。我在心里发了誓，今天之后，重逢也好，相隔也好，都是路人。可惜，偏偏你又回来了。

如意，如意。他像过去一样叫我，像叫一只小猫小狗一样。如意，我怎么舍得让你走。他把我扳过来，用力吻我。这次的吻，和以往哪一次都不一样，他吻得深入而用力。

我乖顺地偎在他怀里，终于知道了什么是爱。

爱，就是现在这样，连呼吸的时候，都会有疼痛蔓延。蔓延得无处可躲，蔓延得痛不欲生。原来这就是我渴望已久的痛不欲生的情感。

在那晚的西藏公路上，山峦寂静，月如银盘，我成了无疆的女人。

兰若斯 /

她是谁

1

在家的时候，她总穿着一条蓝白条的短裙，和男人的海魂衫很配，那还是他们一起在南锣鼓巷逛的时候买的。买这衣服当天，他们不伦不类地穿着这样的情侣衫参加了一个很重要的聚会。那一年，他二十九岁，她二十八岁。两年过去，这件只在户外穿过那一次的短裙，成了她的家居服，无论冬夏。

家里有电视，却没怎么打开过。电视过大，沙发又太软，更显得这个家空荡荡。而且，就算他来，也一头倒在床上不起，电视和沙发不过是两件充当衣服架子的家具，特别是他把内裤袜子一件件捡回来穿到身上的时候，它们更显得多余，怎么还肯碰它们？

只有那台笔记本电脑，让这个家变小了，让目光有了焦点，屋里显得不那么冷清了。电脑永远不关，照例开着四五个聊天软件，虽然这些聊天工具上都只有那同样的六七个人，但谁知道他会从哪个聊天窗口里冒出来？似乎是潜意识里的，她不能让他找不到自己，一秒钟也不行，那个小气的人，自己不能枉担了猜疑。

日复一日，为了让永远开着的电脑和自己不那么孤单，浏览器一个接一个播放着看不完的美剧、韩剧、日剧，就算是香港

TVB 的那几张熟脸，也是好的。在此之外还能干什么？写东西赚钱吗？应付应付就好，哪来那么大心绪，无论写得好或坏，总没太大区别。心也干了，当你认了生活本该如此，苦水也干涩。

谁的脚步声？敲门了吗？趴在猫眼上看看，去看看。楼道也是空的，橘黄色的灯。有时候是个陌生男人在那儿抽烟，开门和他聊几句？算了，格格的命运还不知如何，抓紧回去接上。

忍很久，烟都抽完了，终于忍不住，假装很忙，问一句："下班过来？"他说，或许。去死吧，TVB 的八婆们。去洗澡，去吹头发，喷香水，再精挑细选内裤和文胸。是丝袜还是打底裤？还是露半截大腿的七分袜？打电话，叫楼下超市送烟过来，还有可乐，还有冰糖雪梨，还有什么，还有什么，快想。算了，就这些，抓紧送上来。

这脚步是对的，一定是对的，猫眼外不是昏黄的灯，不是空楼道，不是抽烟的陌生男人，就是那个浑身冒着傻气的二货。永远抬不起脚来的踢踏声，还有斜挎包在屁股后面吧嗒吧嗒响。去迎接吧，握紧门把手，在他敲三下之后拧开，然后赶快走开，退回去，等他扑上来。短裙上精心捏出来的褶皱，没等看一眼，就扯掉了。

来吧来吧来吧，快点上来吧，就该这样。急不可待了吧？恶狠狠的，是真饿了，就该这样。谁会在乎门外那个抽烟男人会不会听到自己大声的呻吟和嘶叫。这屋里活色生香，顿时成了个家。

每次做完，期待很久的——哪怕只是两三天，那空虚得一根针掉下来也会头皮发麻的日子——期待很久的，终于得到满足了。她抱着他，不让他出来，然后忍不住眼泪哗哗流。她紧紧咬着牙，没法告诉他：这不是她想要的生活。

2

五一，王府井的哈根达斯店，有个四人座。外面对坐着两个女孩。里面靠窗位置坐了一个三十来岁的女人，她淡然地看着窗外，或者说，只是把眼神放在窗外，其实什么都没看。她显然和两个女孩不是一起的。

那女人打扮时尚，虽然着装简约，但显然训练有素，一看就是积累了丰富的时尚经验，简单却有品位，价格并不便宜。那算是个漂亮女人，皮肤很白，保养得很好，只不过还是看得出年龄，眼角嘴角挡不住的细纹。她没在等人，而是点东西给自己吃。她看冰激凌单看了很久，没有什么事情催着她，她只是慢慢把时间消磨过去。

她就那么一个人坐着，没有女伴，也没有男朋友，更没有一个小孩跟在脚边。她面容安静，不是那种失恋了自己跑出来的女人，而是习惯了这种生活。看起来很独立，是那种靠自己过着小资生活，并且在职场担任封疆大吏角色的人。她随时可以把男人拉到身边，只是她也看透了，没人愿意永远在她身边，时刻满足她各种苛刻的条件。如果可以的话，那理想十年前就应该实现了。

她是这城市的一类人。她具备了新女性应该具有的一切特征：资产独立、气质高贵，甚至不滥交。或许偶尔把她崇拜的男人带回家，但不会有第二次，而且，她有过的男人不会超过二十个。不必在她面前耍花招，特别是那些阳光的、容易冲动的、自以为很帅的小男孩。所有把戏她二十年前都玩过了，没有任何新鲜的，甚至不再期待一夜风流能带来高潮。她怕休假和节日，那时她宁可坐飞机到一个谁都不认识的地方，让意外的东西吸引自己。如果遇到一个不同风格的男人，她愿意暂时骗骗自己，但一旦回到自己床上，那个梦就醒了。也别打电话，她会一直忙。

她一辈子没有妥协，没有退让，没有依靠，也没有轻信和放弃。她不是那种傻乎乎的女人，她原本一直是看不起她们的，她认为只有自己是清醒的。她的女性朋友不是很多，寂寞难熬的时候，她挠墙，她去做全身美容，她一个小时加一个小时地让水流冲着自己。她知道自己手机里哪几个号码可以随时打过去。他可以为她埋单，陪她聊天，甚至帮她解决几个小麻烦。她不缺钱，她也有足够的能力解决自己所有的困难，只是，她喜欢别人为自己付出的感觉。她永远具有某种东西可以征服别人，她确信这一点。而这种东西，绝对不是钱，也不是分开腿让他们爬上来。到底是什么，她自己也说不清，她只是需要每隔一段时间来确信，她还有这种自己说不清楚的东西。

她坐在哈根达斯店里不看任何人，不看男人，不看女人，她只等待别人的赏阅和渴望。她需要看的，只有自己。她那只名牌包里只有镜子、化妆品和一只小巧的手机。她最关注的，就是自己脸上的毛孔是不是更大了和手腕的皮肤是不是变得更松。

她从未失去过任何东西，也从未得到过。

3

5月11日中午从北京开出的动车，有个女人拖着与自己相比显然过大的行李箱上车了。与其他回家的人相比，她很容易引起对环境敏感的人的注意。

她用紫红色的墨镜遮了半张脸，穿了件白色连衣裙，裙子把过于宽厚的乳房和高翘的屁股遮住，白皙但不算光滑细嫩的后背和两条长腿全部露出来，裸露的胳膊在伸手抓什么东西的时候，红色的裹胸会露出一点边。其实即使不透过边缘，也能从正面微薄的白色裙子外看到里面红色的轮廓。女人踩着一双纤细的高跟鞋，脚踝被折磨得褶皱横生，但那双脚只要经过仔细打磨，依然可以性感动人，似乎小得可以含到嘴里。没人想过于关注她的脚，但顺着过于闪烁和欲说还休的胸和屁股，不由人不顺着她细长的、似乎惯于在丝被上摆弄的腿看下来，看到那对承担了让整个身体过于挺拔的代价的脚。

最引人注目的是她的脖子上四个巨大、紫得发黑的吻印，深刻得有些恶狠狠。似乎吮吸了很久，轻易不肯放口，而且是一次又一次地扑上去。在裸露的胸和胳膊之上，四个吻痕让整个脖子显得有些黯淡，不那么光滑，好像烙上去了四个罪过。为什么知道今天要出门，她依然穿了暴露脖子的衣服？哦，对了，昨晚她没在自己家，而且也不在那个男人家，而是在如家、七天、汉庭或其他商务酒店，她没有带换洗的衣服。而且她的头发盘得那样随意，显然一夜销魂后，已经时间紧迫。头发挽起来，扎了条绳，前面的头发溜光水滑，后面的却毛糙凌乱，有些像刚刚下完蛋的鸡屁股。

她要走了，或者是个新人，或者是旧情，那个人感觉自己要失去她，满心占有和蹂躏，他要尝试和重复一切没做过和做过的。最后一次，要求完满，没有遗憾，要像丢掉一台过时的 VCD 机那样失去她，即使是存在遥控器里的一个小游戏，也要玩一次。昨夜，她享受，她承受，她愿意把一切担起来，直至找不到自己。反正是最后一次了。

她终于找到位子，把墨镜摘下来，两只眼睛肿得像桃子，红彤彤的，眼皮厚得翻出来。不知道有没有哭声，她流了一夜泪，是羞愧还是不舍？流泪了，放弃了。她不再争取，她能做的，只有再给身上这男人一夜。随他吧，决心已下，一切不情愿随着泪可以流干。挣扎的时候没有泪，一旦泪流下来，她放弃的决心就已经作下，而且这决定不可动摇。这就是她的泪。看神情，她只有二十四五的样子，但大概用多了劣制化妆品或太爱熬夜，她脸上的皮肤僵硬得像一具壳，眼角嘴角的纹脉不再细碎，有几条已经明目张胆地夸张起来。

她拿出化妆盒，在眼睛周围涂画了很久。涂完眼影，她的眼睛自然多了，只是人变得有些浓妆艳抹。对着镜子左右端详许久，她的伤心就好了。三个小时的车程，她用了一个半小时修剪自己的指甲。另外一个半，她从包里掏出条项链修起来。她对自己的指甲和那条项链如此专心，身体随着列车的颠簸而震荡着，但两只手却没有受到丝毫干扰。在她的世界里，只有十个指甲盖或一条金色的项链。表情专注，手指轻盈，似乎两只肿起来的眼睛没挂在她脸上。

或许她的身体已经干爽，下面或许时有微痛，吻痕和肿起来的眼睛还会出现在镜子里，但这些已和昨夜不能联系在一起，只成为她生活中的一种常态。不是因为某个男人或某段说不清楚的关系，而是，她的生活本身就是这样：张扬暴露的身体、闪耀的吻痕、随意扎起的头发和父亲的脸一样的脚踝。这些都是她的，她的生活状态，属于她自己，与他人无干。她从不怨天尤人，只接受现状。

车到站了，她快速轻捷地拉着自己的旅行箱，混入到人群中，渗透进有条不紊的生活中去。

那片大地默默承受这个回来的女人，换个城市重复同样的故事。

4

她戴着一顶麦草莛编织的圆边礼帽，黑色短袖上衣，还是那种所有女孩都有一件的牛仔短裙。长发披下来，盖住了大部分脸。从她在北京二环线的地铁里得到一个位子开始，就一直低头坐着——地铁轰隆轰隆往北京站开。男朋友在她面前站着，时不时低头看她一眼，明显比她大几岁的样子。

他终于发话了：你到底什么时候回去？不是我赶你走啊，你在这里一天天拖着有什么意思？你不看看现在什么时候了，你还考不考研了？

她依然低头坐着，不做声，双手抱紧了怀里的包和一个黑色塑料袋，塑料袋里装着另外一个包。她把那些东西抱得很紧，好像从中汲取了力气，才能依然这样坐着。她保持着那个姿势，不敢抬头看他一眼，好像生怕触动他作出什么决定似的。他果然没有再说话，只是掏了掏口袋，摸出两张电影票票根扔在地上。她迅速伸手捡起票根塞进自己包里，动作快得不容你注意到已经完成。然后又那样一动不动，让人怀疑她根本不曾动过。

“快回去吧，回去好好复习，考上了再过来。你在这里东游西逛地挨日子，时间很快就过去了。”男人低头这样对她说。“哦。”她点头的时候，只是让头更低了。

男人提前一站下车走了，没再说话，没有告别。她终于抬起头来，眼神是散的，脸色黯淡。他不明白吗？她是注定考不上研究生的。说什么考研，从认识他的那天起，她的心就散了。难道她千里迢迢跑来，就只为买些东西、和他睡几夜吗？学校对于她，不过是个每天盯着日历一页一页撕下来、拼命找借口来找他的暂住地。除了他的衣服还有哪些没有洗，她的心里已经装不下别的，更不要说挤在自习室里和那些神经质的女人们比赛背书。

说是考研，不过是不让父母给自己在那个小城市安排工作的托词。她捧着马上要跳出去的心坐着火车来到这里，说是看一眼，但这一眼看下去，她已经拔不出来了。她多么希望他把自己绑在床上再不放出去，她心甘情愿和他睡在合租房的单人床上，为他洗衣服，为他打胎，在他下班的时候去接他。她可以不用他的钱，她可以背着骂名厚着脸皮继续向父母伸手。但看到他时，她不自禁地说：我今年要考研究生。

她黑瘦单薄的身体已经被他读了百遍。她从小城市里跑了来，他身边全是名牌大学的北京学生，她突然觉得自己有些死皮赖脸，从骨子里心虚。她不想被他看不起。她忍不住给了自己一个期望中的身份：我也可以是这里的研究生。

但那却不是她想要的。她想要他，想做他的女人，不是因为他高傲的样子，不是因为已经给了他，不是她想找个寄托，而是，这些年来她根本没有想过别的。她的所有牵挂只有：他的衣服洗了吗？

然而她只能回去，用空耗一年的代价把一个假话做真。然后听他说：我早就提醒你了，你不听，结果怎样？他满脑子的野心和憧憬，他的事业，他的未来，甚至整个家族的崛起和辉煌，满得装不下一个女人。她考不上研究生，也就不能再给他洗衣服了。

她拎着两个袋子在北京站下了车。当他明白这一切的时候，这个地铁里的女孩会在哪里？

于一爽　　/　　# 不可能爱

是否所有人内心都深知一件事——喜欢和失去一定是成正比的。

1

是郭培突然建议去骑自行车的。我说是不是有点儿晚了，又说天有点儿凉。可接下来她就开始穿鞋。我也开始穿起鞋来。

那会儿是春夏之交。刚刚下过雨，太阳把地上的水都蒸发了，两个人一边骑一边打算脱衣服，但脱了还得拿着觉得麻烦就干脆算了，就那么一直出汗。两边郁郁葱葱的，多半是梧桐树。我有时候会单手把龙头，用空出来的手擦擦汗。郭培紧紧在我后面跟着。她那天穿蓝底白花裙子，有点儿怕绞进去，骑得挺仔细。我骑快了点儿，总是在她前面十米的位置，有时候转过头看看郭培，如果差太远我就得绕个圈。在她的四周，有一两辆汽车缓慢流动着，从两个方向。地上很干净，车开过去的时候甚至卷不起来一丝尘土。

我们俩就这么一直骑啊骑。到中山陵门口停下来，郭培没找到锁，又找，还是没有，说是落在酒店了。我就干脆俩车给捆一起，这样一来两辆车就都是歪歪斜斜的。其实谁也没打算去景区坐坐。

在售票的地方，我要了几个茶叶蛋。卖茶叶蛋的也不专心卖茶叶蛋，好像在等待某种偶然出现，一直盯着我们。我问郭培吃不吃，郭培说不吃，我说那来仨吧。郭培又说吃，我说四个，再多来一个。可到头儿来她果然一个都没吃。不过我给她剥了个蛋清。她跟我说，这地方真好，也不会碰见什么熟人。

谁都没进景区，就在买票的地方坐了坐。然后就又沿着来的方向往回骑。这会儿是下午五点，黄昏将至。我跟郭培说现在已经近黄昏了，说完就往前飞速骑去。郭培一个字也没讲，张着嘴好像是对我所说的一切理解又不理解。等我再回头看她，她竟然也学着我双手松把。回程比来程要难，我看她拼命骑，还张开双手，有点儿踉跄。她张开双手之后的人形比本人胖些。从我的视线中看过去，这个有点儿臃肿的人形摇摇晃晃。不知道为什么，我突然有种预感，我们的关系别是要结束了吧。

在回去的路上，老看见黄鼠狼蹲在路边，在我们飞速骑过去之前它们就跑开了。两个人一路上都没说什么，我问她累不累，郭培说累，说完了接着骑。谁也没等谁的意思。我们在一起一年了，可像在中山陵骑自行车这样的事并不常见。每当路过两边的草地的时候，我就跟她说——那是熏衣草。郭培哈哈大笑，就好像我在满嘴跑火车一样。我说谁骗你了，我说只是还没有变成紫色，像图片儿上普罗旺斯的那种。可她还是哈哈大笑，她一定是觉得我真的在满嘴跑火车呢。

我们继续往前骑，好像是上山的方向，有些地方开始变得深奥起来，平坦的中山陵竟然显出了一点儿野性。我让她当心，当心路边伸出的树枝。拐过几个弯后，前面隐约出现了一座房子。走进了一看，是座寺庙。我慢慢放缓车速，跟郭培说，下来走会儿吧。她也停了下来，我们同时注意到了这里。再往近走一些，发现这是一座不知名的寺庙，起码不会在中山陵的景区游览图上出现。外墙和门楣上的颜色都退掉了，上面的字迹也都模糊了。我试着读了一下，什么都读不出来。郭培在旁边站着，说你可真行。我说“什么？”，她说不认识还念，真厉害。我说不就念念吗。她还是说真厉害。反正我随便干点儿什么，她都会说我真厉害。

把车躺地上之后，我们往里走了走。即使不知名，这儿还是能感觉到一种曾经有过的气派。再往里走，有个小钟楼。郭培跑过去撞了一下，力气太小，钟完全没动静。我挪过去搂着她，问她信吗。这一下她撞得挺响。我都没听清郭培怎么回答的。我又问了一遍，我说信吗……她整个人转过来抱着我说——反正我周围挺多人认了上师，都长得不难看。我说你这是回答什么呢。她说你不是问我信不信吗。她说她信星座，又说其他的也信也不信，但害怕挺多事儿的，这真奇怪。还说什么原来在终南山短暂地待过，后来不理解就逃了下来。郭培问我，一脸认真地问——张纲，你说，难道人逃避欲望的方式不应该是先满足欲望吗？我说，这是你从终南山逃下来的原因吗？她说这么理解也行。她说主要是受不了有挺多出家的给她递名片。她这么讲的时候我们两个人哈哈大笑，在这座也不知道是不是可以称之为千年古刹的地方。笑声传得挺远，可我尚不知道怎么回答她——逃避欲望的方式是不是先满足欲望。这正像我们的关系。

当这样想的时候，我把郭培抱得更紧了。我想亲亲她，她反而把嘴闭得更紧。我一直用舌头顶着她的牙齿，也感觉到她心跳加快、身上散发出热乎乎的东西。我喜欢用大拇指和食指夹住她的鼻子使劲地亲一会儿，最后以亲到鼻尖儿结束。郭培长了一张圆脸，我老喜欢说是用一个标准圆规画出来的，鼻尖儿正好是圆心的位置。她非说我嘴里一股鸡蛋味。我说吃四个鸡蛋就会变成鸡屎味。

两个人拥抱在一起的时候，会很清楚地闻到空气中弥漫的一股霉味儿……如果你不习惯这个那你就不会习惯南方。咱走吧，她突然说。我提议，说，不想在这做爱吗？她说你说呢。如果郭培说“你说呢”，那八成就是随便的意思。然后她突然把胳臂张开，就好像我可以从这里开始一样。她深深扬起脖子。不过从我这个角度看上去，她可真傻。我顺着她的脖子亲了亲……她挠了挠，好像有点儿痒。张纲，你看这云……她说。她这么说的时候我突然有点儿扫兴。于是也抬起头开始陪她看天上的云。云在天上缓慢地移动，变幻出各种形状。我成年之后都没再做出过这样的事儿。此刻，黄昏到来前的最后几缕阳光太刺眼，我竟然挤出了几滴眼泪……隔着眼泪再看这一切，云像罩了一层白纱。突然一瞬间觉得天旋地转，我收起脖子，把头深深埋在了郭培的胸前。我喜欢把头埋在女人胸前，虽然我已经不年轻了。从郭培的胸腔里还是什么位置，我很清楚地听到她叫我，张纲。极轻。有共鸣。我应了一声。很久，再听不到她说什么了。我问你说什么了，她也不回答。我说怎么了，她说没事儿，就是想叫叫你。

我总是觉得她有什么话要跟我说，可又好像突然对发生在我们身上的事儿觉得不可思议一样，又戛然而止了……于是我们这样抱了挺长时间之后，郭培突然说——我饿了。

眼下要做的事情就是，一路往回骑一路找饭馆。在一个岔路口，我问她要不要走条近路。可不等回答我就走上了那条路。她什么也不说就那么跟在我后面。我们迟迟没有看见饭馆，有点儿沮丧的时候倒是看见了一个小游乐场……有室内转马、升降飞机、轨道火车、淘气城堡、充气跳床什么的，好多叫不出名字。是我先把自行车躺在路边的，然后扒着游乐场的栏杆往里看了看。郭培穿着她的小裙子也跟了过来。这个游乐场就像等着什么人到来一样，室内转马一直在转……像是被风吹着。她说走吧，有点儿害怕。又说饿了，真饿了。我说翻进去吧。郭培把脸贴在我后背上使劲摇头，拉我的手说走吧。我说女的不都喜欢来这儿吗。她说这怪吓人的，然后就开始拽我。

后来两个人就从游乐园开始往回骑，等于是骑过的路又骑了一遍……上坡的时候，我蹬得太猛，车条还掉了一截……我蹲下来修，她在旁边呵呵直笑。我说笑什么啊，她说毕业之后就没见过男的修自行车了。郭培说自己高一的时候有两个男的要帮她修自行车，那会儿都是捷安特什么的。我说那我猜你肯定跟其中一个好了。她说现在可觉得这些真远。当她这么说的时候，声音被我转动的车轮淹没了。另外，我蹲下来的时候正好看见她的小腿被一根根钢条分割成了均匀的几块儿。她的裙子刚好及膝。

后来路过一家素斋，我说先吃这个吧。无论我说吃什么郭培都会同意，当然，我对这种事情更准确的理解是我们并没有说过什么真正可以制造冲突的事情。可是到素斋门口的时候，我们发现已经关门了，才刚刚晚饭时间。然后我们就去了旁边紧挨着的一个小饭馆。郭培没什么意见，她喜欢说吃什么都行。里面也没几个客人，一个有点儿发胖的中年妇女堵在门口的柜台上算账，屋子很小，不到十张桌子……有两张桌子上放着几团抹布。如果愿意的话，也可以把十桌拼成一大桌。小小的饭馆还有个吧台，有两个高凳子，包着已经挺破旧的牛皮……有人进来，那个有点儿发胖的中年妇女就打个招呼，也不抬头，好像手里有算不完的账，好像每个进来的人她都认识也都应该认识一样，似乎她在这里已经工作了七十年。

我和郭培坐下来。我要了瓶啤酒，还有几个菜。菜迟迟没来，于是我又要了瓶啤酒。两瓶之后菜就一下子都上来了，我和郭培各自低头吃饭。有时候我会抬起头来看看小饭馆墙上挂着的电视，看到一则新闻的时候我突然想起了一个文联副主席的奇闻轶事，就讲给了郭培，我也不知道为什么要跟她说这个。这文联副主席可真够操蛋的，她听着听着哈哈大笑起来，可见这种奇闻轶事都多少有点儿色情。吃完之后郭培又要了杯热巧克力。端上来的时候我帮她把吸管插进去，又捂了捂她的手，问冷吗。她摇头，我感觉到她的手潮乎乎的，脸上的汗迹还没有完全退下去，有点儿累了的眼神并不像很多女人那么灵动，稍显疲惫。我握紧了她的手，放在自己的大手里攥了攥，想展开来看看，她马上就缩回去了。这倒吓了我一跳。她从来不让人看她的掌纹，我说就是随便看看，我又不是什么半仙儿。可她也从来不让，她总是觉得自己活不长。我说不会的，她就挺尴尬地笑笑，然后马上喝了一口热巧克力。她喝的时候腮帮子一鼓一鼓的，看上去特别有趣，嘴里塞满水的时候整个脸圆极了，我忍不住想捏捏。老实说，我喜欢胖点儿的女人，这个年代的所有人都认为瘦是美的，所以胖女人机会不多，机会不多的人总是会更投入。郭培呢，她喜欢让我多吃点，她老说我太瘦了，甚至跟我说过每回做爱的时候，她总是想给我的胯骨上垫点儿海绵。

在这间小饭馆我俩坐了挺长时间，太阳已经西斜。在它真正落山的一瞬间光线有点儿刺眼。从窗户望出去，已经很少有什么地方像这里一样没有那么多的高层饭店和车辆了。街灯渐次亮了起来。当我们离开的时候，陆续来了一些人。我和郭培出来的时候，很短的一瞬间，我有点儿分辨不出方向，可能是酒精的作用。每当分辨不出方向的时候，郭培都喜欢说往前走吧。于是我们就朝一条路的纵深处骑过去，直到最后的余晖也消失了，四周早已变成漆黑一片……

我们互相都看不清楚了，一路上只听到车毂转动的声音。有时候在街口的时候我们会停下来，等着红灯变绿。还有那么几次，绿灯的时候我们也停下来了，都不知道在等什么。我让郭培骑在前面，她就猛蹬几步骑上前来，在我的视线中，她渐渐变成一个剪影。吃饱了之后她突然有好多话要跟我说，离得又有点儿远，于是干脆冲我喊。我一直答应她。我听不清她在说什么，只是觉得无论她说什么我都应该答应她，我也不知道我在答应她什么。在这样的时刻，郭培不会为难我的。

一条望不到头的路在我们身后越来越远。有一段路挺难骑，我一直推着她的后腰。脚下的一切在不知不觉延伸……四周若有若无。越往前骑，越看不清路，我问郭培害怕吗，她说有点儿。但是随着疲惫感的到来，这种恐惧慢慢就消失了。一路上，我感觉自己的嘴唇被风吹得有点儿干。我咬下了一片撕裂的皮儿，又用食指的关节摁了摁嘴唇那儿。我觉得对自己还不够狠。

其实骑自行车是郭培提出来的。我老婆也跟我说过几次，让我带她出去玩儿，她想去那些挺贵的地儿。我觉得贵也没问题，这一切都没问题，可是迟迟没做。她有几次怪我，她说我把她想得太傻了，总是一而再再而三地骗她。我觉得她说这句话才真是够傻的。但是此时此刻，我和郭培在这里做了一件还稍显浪漫的事儿，却不知道我老婆在家里做什么。我突然有了一丝愧疚，可并不强烈。另外，她都超过两个小时没给我打电话了，这可真不像她。

我一边骑一边想，如果我老婆知道这一切，她准会趴在我身上没完没了地哭。我老婆最会的一招就是哭。我挺怕女人哭。不知道是不是这个原因，让我有一点儿迷恋郭培。她从来不哭，我们在一起总是极力说些挺开心的事儿，她就没完没了地笑。

当我想得越来越远的时候，郭培突然停下来说累了，咱俩走会儿吧。见我没回答，她又说陪我走会儿吧。我一下子刹住车。两个人就这样在漆黑一片中往前走，很长时间都没说一句话。后来她先问我，张纲。我说怎么了。她说你在想什么。我说我什么都没想啊。她说哦。我说你呢，她说她也没想。然后两个人都突然觉得有点儿可笑，可是笑过之后，又马上陷入了沉默。

“就这样，然后分开，分开的话你会有一点儿难过吗……”又走了挺远郭培突然这么问我。我说，我没想过分开。其实还有下半句我没说出口，我想说，我没想过分开就像我没想过在一起一样。我知道，郭培说。有时候想想，这样也挺好的，你有和你一起生活的人，我也有和我一起生活的人，都还能忍受，我们两个也都还不互相反感，有时候想想，这样也挺好是吧。我不知道郭培的这最后一句是真的在问我，还是只是自言自语，我也不知道应该怎么回答，可能是因为我根本不知道她到底想告诉我什么。当我这么想的时候，郭培突然整个人弯下身子，不知道是什么原因。在地上蹲了一小会儿后，她随手捡起一片树叶，用两个拇指捻了捻，又用指甲一下一下画着树叶的纹路……我把树叶拿过来，随手扔了，使劲地抱住了她。

在我们停下来的这个地方，其实还有片池塘。四周已经很黑了，可是如果仔细看的话还是能依稀辨认出池塘里的小木船。也不知道是从哪儿来的，弃置在草丛中，没刷油漆，裸色，有青苔，看上去有点儿荒凉，就像从天外飞来的。有鸟在树叶的阴影里飞。郭培抱着我问，看见鸟了吗？我说看见了。她说你认识是什么鸟吗，我说不太认识，我们谁也说不清是什么鸟，天都这么黑了。随便猜了几种，像是在炫耀谁知识更多一样，也有点儿无聊……

偶尔，有婉转的叫声从林子深处传来。我看郭培听得认真，问她喜欢吗，她说她小时候养过鹦鹉……她还想说他爸靠养鹦鹉挣钱，在 90 年代的北京……可其实我心里明白得很，我并没像自己说的那么关心她的家庭……我对郭培的全部了解都只到郭培为止，我又不会娶她。郭培其实为我怀过一次孕，好在等我知道的时候她说她已经把孩子打掉了。我当时那种短暂的吃惊很快就被喜悦替代了。在很长一段时间，我们就是这样的关系，我不会和她在一起，她也不会和我在一起。郭培说自己有个男朋友，可这个男朋友一会儿在上海一会儿在湖南，可能她只是那么随便一说。

2

那天骑回宾馆之后，我们又去一楼的酒吧喝了点儿。有时候我不知道和女人在一起该做什么，就不停地约她们吃饭，然后迅速喝多。喝酒的时候，又说了几个挺逗的事儿。郭培说是不是很多人都不知道什么叫酒逢知己千杯少。郭培是我见过的最喜欢喝酒的女的，可她从不借酒消愁。我说本来很多人就不需要知道。我给她讲了一个刚发生不久的事儿，我说有次我喝多了，回家路上半夜就抱着一棵树睡着了……她问我是真的吗，那种口气就好像我如果说是真的，她就更不会相信了。她也说了自己挺多事儿，我大多没记住。看着她的笑脸红扑扑的，我当时已经有点儿想跟她做爱了。

我长期睡眠不好，总是喝点儿酒才行。那天后来就真的喝多了，是被郭培扶回去的，还有保安。很快我就睡过去了，有人帮我脱了外套。我还做了一个梦，大概是这样的：梦里，我和郭培平躺在床上，半梦半醒。对面墙壁上有个东西一直晃来晃去，影影绰绰，有点儿像我们白天穿梭而过的那片树林。我说看见了吗，女的说什么。我说看见了吗。女的说什么都看不见啊……后来弄得我瞪着眼干着急，很快就被急醒了……

醒的时候也不知道是夜里几点，两条腿的酸胀感越来越强，我已经很多年没骑过自行车了。在枕头旁边摸了摸，把手机拿出来看了看，有老婆几个未接电话，我就把手机给扣了过去。月光正从窗帘里透过来。

此时有点儿口渴难耐。用手在床上划拉了几下，发现郭培正蜷在旁边睡着。头还有点儿晕，有点儿转不过来，就用手去搂，很快就摸到了她的小肚子。郭培也动了一下。渴吗？郭培小声说。我说喝多了有点儿。她说没法做爱了，然后就起来到卫生间给我接水。她说要烧会儿，很快就又躺床上来了。

我跟她说我做了一个梦，梦见对面墙壁上影影绰绰。我还没给她讲完，她就把胳臂环抱在我的头上，说还晕吗。我说梦里我就问你……然后郭培突然说——别讲了，挺吓人的。我说你听着啊，不吓人。她说不想听。她说你怎么老做这么多梦，然后开始用手指在我身上滑来滑去。我问她写什么呢，觉得有点儿痒。她说什么都没写。

因为并不知道具体的时间，觉得是三四点钟，我和郭培就这样，躺在一起，等待着睡眠的再次来临，有时候也说点儿什么，多数时候什么都不说。可以感觉有个手指头在我全身滑来滑去。屋子里有只蚊子，我伸手捉了几次都扑空了，干脆由着它在这间屋子里飞来飞去，飞到耳边的时候声音太大，我就用手扇一扇。郭培会傻笑，好像那不是一只蚊子一样。她起身给我倒了几杯水，很快，酒精稀释之后，醉意也退却了一些。我问她想做爱吗，她没回答。我抱着她，可以感觉到她的身体在渐渐收紧。郭培是那种对做爱很有兴趣的人，只要是我喜欢的她就喜欢。我甚至想过，她的这种兴趣正是保持我们关系最必要的前提。有时候在床上，我们总会不经意地比较起我和她其他男朋友的区别。她自己也愿意说这些。我不生气，只是有时候也不爱听，这种事儿就是这样，一比较准出麻烦。当然，我不生气可能是因为我总是相信一点：没人可以对自己的过去负责。反正每次郭培这么说的时候我都觉得有点儿动人，这里面多少有点炫耀的成分。我喜欢她炫耀，这代表她还天真。她确实天真。

此刻她正在我的身下。当她把自己平铺在床上，也就是说我可以俯视她的时候，她并不好看，整个人看上去很臃肿，可我还是有那种冲动。做爱的时候，她一会儿说要跟我在一起，愿意为我分手，又问我愿不愿意；一会儿又说千万别让我喜欢你之类的，好像被她喜欢是件挺折磨人的事儿一样。我也不知道她哪句是真哪句是假，当然我也没傻到会真的问她到底哪一句是实话。

唯一的实话是，跟郭培在一起真的很快活。记得有次我们做爱，郭培问我，喜不喜欢女的叫。我当时整个人正在她的身上努力耕作精疲力竭气息凌乱就随便点了点头，然后很快她就开始一浪一浪地发出声音。我当时就差笑出声来了，觉得这可真是一不错的演员，也有点儿感激她。伴随着这些声音，会觉得两个人进入了一片很深的无人之地，在很短的一瞬间，我甚至想过跟她一直在一起能怎样。只是，随着激情退却，我这种愿望很快就不存在了。

到了我这种年龄，已经知道不应该再给自己找麻烦。我和我的婚姻出现的问题是所有人都会出现的问题，这也是我和老婆打算马上要个孩子的原因。当事情走投无路的时候，孩子的出现总会让生活出现转机的，不是吗？而在此之前，如果我厌恶了，我就在下班的路上随便操个女人。很多人都是这么做的，没什么好大惊小怪也没什么叫人痴迷的。

做爱之后，郭培起身去冲凉。天边渐渐亮了起来，她让我再睡会儿。等她重新回到床上的时候我都没再睡着。她把床铺叠了叠，拍了拍被子，然后把它松松软软地盖在我身上。我把脑袋倚在床头上抽了根烟，她从床上翻出用过的避孕套给丢在写字台下面的垃圾桶里了。丢掉之前还莫名其妙地说了一句——张纲，这里得有多少个你啊……我斜了一眼，看见一小兜雪白雪白的液体。我说——前两天看报纸上说，人这一生就俩小时。郭培把湿漉漉的头发往后面拢了拢说，什么？什么俩小时？我刚要跟她解释，她就突然哈哈大笑说，哦！我懂了。哈哈哈哈，张纲，你说你们男的图什么啊，人生全部加起来只有俩小时。哈哈哈哈……

其实我还想说，我为什么总有种不祥的预感，觉得连俩小时都被科学家说多了。

后来她滚进我被子里，把我的胳臂垫在了她脑袋下面，她说我喜欢你的这儿。我说哪儿，她说这儿，臂弯。

说实话，我真觉得这俩字太恶心了，我们又不是初恋。

清晨来临之前，我们又都重新睡着了。

差不多到了第二天中午，我昏昏沉沉醒来，又做了那个梦——对面的墙壁上影影绰绰，我说看见了，郭培还是说什么都没看见。分不清是梦境还是现实，就用手在床上找，昨天夜里抱着郭培睡的，现在也不知道她跑哪儿去了。

模模糊糊的，眼前又觉得有个光身子的人影。慢慢聚焦，越来越准确，这会儿才发现，是郭培已经起床了。她正在一件一件地往箱子里收拾东西，她下午两点五十的飞机，到北京正好赶上吃晚饭。我问她晚上跟谁吃啊，这句话的意思是，晚上跟谁喝啊。

她说不想跟谁吃，语气听着有点儿冷冰冰的。

我在床上，看郭培把衣服都裹成一团塞进包里。我们在南京待了三四天，她每天都换一身新的。除了衣服有点儿多，她并不像一般女的那样有挺多护肤品。郭培说嫌麻烦。可是我相信一点，随着时间的推移，她早晚会用上这些，就算不用，这些精致的瓶瓶罐罐也会成为女人对日常生活的一种纪念。想到这些的时候，我伸了个懒腰，突然觉得现在这可真像家啊，这可不是我内心想要的。

后来我起身去卫生间撒尿，夜里喝了太多水。郭培一句话都没跟我说，连个“早”都没说。她已经把所有东西都装小箱子里了，箱子看上去鼓鼓的，跟她长得差不多。上完卫生间，我站在镜子面前，拿起刮胡刀，才一宿，胡子就长出来了。郭培从外面进来，差点儿吓我一跳，她昨天夜里洗过澡之后，今天头发都翘着，整个脑袋大了一圈。她顶着个大脑袋蹭过来，把洗面奶推到我面前，说，先抹这个吧，别刮破了。“那你给我刮。”我把剃须刀往她手里放。她扭捏着有点儿不愿意，用手使劲儿胡噜自己的头发，还催我快点儿。她说要洗澡，就开始推我。

她一推我我就有点儿晕。我说别闹，你洗你的，我又不看，又不是没看过。她还是往外推我。我又亲了她，她说没刷牙，就干脆把我往外拽。我突然觉得有点儿失望，如果是我老婆一定不会往外拽我，就算我坐马桶上，我老婆也还是洗她的。于是我很快刮完胡子就回床上躺着去了，听到身后卫生间传出来的水声。

水声停下来的时候，我推开了卫生间的门，里面全是水汽，郭培正一个人撮头发。我从后面抱住她，她把脑袋往后仰了仰，也没拒绝我。我用下巴在她脸上走了一圈，全是新刮过的胡子茬。我问她扎不扎，郭培什么都没说。这么抱着她的时候我突然觉得，我们其实还有时间再打一炮儿，只要抓紧时间就行。我把郭培转过来，想亲亲她，她身上全是沐浴露的香气。可是她死活不想转过来，我只能用手去摸她的脸，可是就这样，我竟然，摸到了一脸的泪水。

“你会为我离婚吗？”郭培突然说。

这是她第一次问，也是唯一一次问。

我沉默了挺久，什么都没说。说什么好像都不对，主要是不想给女人留下什么口实。我就又把她抱到床上操了一遍，不知道这算不算是一种回答。

我们就此分开。

3

郭培在尤伦斯工作，如果你了解北京，你就会知道这个地儿。如果只是说工作，不少地方我都能帮她，我甚至愿意帮她，可她连一次都没提过……郭培也写东西，但我们更不可能聊这些。我也很多年不写了，如果她知道我还是个文字工作者的话，未尝不会在跟我做爱的时候吐出来。我倒是问过她为什么要写，她没回答。

其实挺多事儿，我们都不知道怎么回答。每每回忆起在中山陵的那一天，我都不知道她为什么突然想去骑自行车。我有时候会想，我们这到底算是一种什么样的关系，如果仅仅是做爱，又天南海北地聊过挺多，有些话现在想想都不着边际。郭培告诉我其实她特别想学开飞机，我也跟她说过什么三四年之后咱一起买个游艇吧。我从来没跟什么人约定过两年之后的事情，这是第一次。虽然仔细想想，这也不是完全不可能。在现在的中国游艇不是遥不可及的事儿，当然我还缺挺多钱。可我也只是这么一说，不是不会买，只是我总想，那个女人不会是郭培。我觉得，我总还能碰到其他的人。另外，我们商量过游艇的颜色。郭培比较喜欢紫色，我觉得难看得要命。

从南京回来之后没多久，郭培就离开中国去了新加坡。她是快上飞机时告诉我的，她总是做出这种突然举动。回忆和郭培第一次做爱之后，她也是清晨一个人就离开了。如果这种事情发生在别人身上，我会觉得特别不懂礼貌，但是对郭培我愿意相信她有她的理由。

所以郭培跟我说飞机马上就要起飞了要关机了的时候，我也祝她一路顺风。这之后我们都没再怎么联系。我给她打过几个电话，全是无人接听，也给她发过短信，发过之后我就会删掉，所以她只要不回的话我也不大想得起来。大家都很忙。只有一次我记得挺清楚，她给我发了一个短信，问看见了吗。我回的是——什么？什么都没收到啊？她说——那以后有机会见面再给你看，我在一个私人驾驶学校，我这回真想问问学飞机的事儿……

在此之外，其他偶尔的短信就是一些互相的问好。她怕给我添麻烦都没说过亲爱的仨字。另外，我甚至连她什么时候回来这么具体的事情都没有问过，可能我已经有了那种预感。

4

郭培去世，还是张琪告诉我的，大概是我们离开南京之后的三四个月，也就是她去了新加坡不到一个月的时候。我惊讶得说不出话来，下意识地去手机里找她的聊天记录，一个都没有了。张琪说她在新加坡敷着面膜开车，撞桥墩上了。我听到这儿的时候差点儿笑出声来，她就是那种女的，能干出敷着面膜开车这种事儿。只是撞在桥墩上只能说是她的命不好，也不是所有敷着面膜开车的都会撞在桥墩上，是不是？

郭培死了，我的惊讶比我预想的还要少。我总有某种预感，觉得她是那种挺疯狂的女人。我想起我们做爱，我抱着她的时候觉得她特别软，整个身体像塞了水的气球，随着一次次心跳的加快和彼此呼吸的改变，我总是觉得可以跟着这个气球一起冲出房顶，然后再重重地摔下来。每次都是这种感受。我甚至想过，郭培的出现或许很好地平衡了我在现实中这种艰难的处境，我不清楚这种艰难是不是仅仅只是暂时的，就像我和郭培的关系一样。好在尚且愉快。可惜她现在死了。

我到现在也不知道她为什么要去新加坡，她说是因为一个展览项目要在那边待几个月。不知道为什么，无论郭培说什么我都不太信……可从她离开中国，电视上播一些新加坡风光片，介绍那边的吃吃喝喝的时候，我会把遥控器多停几秒钟，看着那座窄小城市的繁华和一列列在那座城市里穿梭的地铁。我总是想，她可能正在其中。

郭培并不比其他女人对我更重要，如果我们长久地在一起，之后注定也会分开，人和人都是这样。可我觉得我们总是有着那么一点交情，在某一个春夏之交。像两个对生活完全没有打算的人一样，漫无目的地骑行在一座不太熟悉的城市里。我和郭培两个人，只有我们两个人，好像要去什么地方，要看什么东西，好像一直走在一条对的路上，并且要寻找的也就在附近，可谁也不太确定。

5

如果还想说得更具体，事情大概是这样的：我们是在一个朋友的饭局上认识的。这可真够庸俗不堪。就像郭培后来跟我说过的——人生三分之二的难题都在于不想好好在家待着。这大概就是指我们俩的关系给她的人生增加了三分之二的难题吧。其实还有后半句两人都没说——这就也给人生增加了三分之二的刺激。

第一次见郭培，她穿了一件鹅黄色的毛衫。后来我俩聊这个，她非说那天穿的不是什么鹅黄色的毛衫，她最讨厌鹅黄色了。另外我们见面的时候还是盛夏，什么人会穿毛衫呢。可是我总是这么记得，我还记得她那领子开得挺大，也看不出想勾引谁，就是开了那么大。整整一顿饭的工夫，她没事儿就喜欢拽拽领子，有时候也拽拽自己的头发，像个少年儿童。如果她不说，我不会猜到她三十岁了，可当她那么说的时候，我有一点点，失望。

就是那顿饭之后，我觉得我开始有意勾引郭培。约她吃过饭看过电影，我也直言不讳地说好喜欢她的性格。每次我这么说的时候，她都好像有点儿不乐意，就好像她除了性格好就什么都不好一样。所以每回我都要说，那还用说其他的吗，你长得好不是在这摆着吗。不管她信不信吧，我觉得她愿意听这些。可是说真的，如果不是在饭局上碰见她，仅仅是走在街上，或者在其他任何一个地方，我未必会多看她几眼。这个世界上漂亮的女孩子多了。

就是这样，约她吃过饭看过电影，她答应过几次也拒绝过几次。拒绝的理由都很简单，总是两个字——加班。如果是短信的话，我就会给她回——嘿嘿。

如果两个人总是这样，上床只是迟早的事儿。

6

郭培离开之后的日子，生活像往常一样忙忙碌碌。工作有了一些变化，我也极少再去南京开会，极少再离开如此繁华的都市。都市生活总是让人觉得，只要可能，就一秒钟都不能停下，害怕随时会错过什么惊喜。我的婚姻生活有重大事件出现，现正指望着一个孩子的到来。有几次我和老婆算好了排卵期，然后互相把爪子和下身洗干净，像机器人一样，拼命耕耘。我甚至把她幻想成郭培，虽然郭培已经死了。我意识到这多少有点儿变态，但就算做了这么变态的事儿，我老婆的肚子始终没能鼓起来。有几次我甚至想把在郭培身上使用的招在我老婆身上来几下，可她不是说疼就是说脏，弄得我也没什么兴致了。不光没什么兴致，也觉得有点儿可惜，她都不知道我有多好，我也有点儿对不起她。

我和老婆的生活又变回到了乏味的状态，可是也充满亲情。自从几次努力都没有怀上孩子之后，她戒了烟，还戒了酒。我甚至挺卑鄙地想过，她做的这一切，是不是都是在威胁我——张纲，你可千万不能跟我离婚啊。女人有时候有挺多手段，如果见这招不行的话，我老婆也会跟其他粗俗的娘儿们一样，有事没事就来一句什么张纲啊，不是没人追我，我也不想做对不起你的事儿……

每当女人说出这种话我都不知道接下来该怎么应对，我甚至愿意她真的做点儿对不起我的事儿，也让我的内心真正地嫉妒一回，像很多年前追她时一样，打破这死水一般的现实。

最后逼得我没办法，最好的一招就是三十六计里的“走为上”。我强迫自己去人多的地方，这渐渐变成了一种习惯。我觉得人还是应该去人多的地方，融入进去什么也不想，在喧闹中让一切更彻底地风化、飘零、消失。有时候跟哥儿们喝多了，我会随便找个女人，现在社会上管这个叫减压，只要她是那种虚荣女，我就挺难失手。但是我也越来越领悟到了一点——要想生活得幸福，最重要的是生活得简单。所以我也再没带什么女人去中山陵骑过自行车，如果和一个人见面超过三次以上，我总会有不祥的预感。

不过我的老婆聪明透顶，或者说她傻得可以。她一次也没有揭穿过我，她总是能看到她愿意看到的，比如我事业的蒸蒸日上，因为我待在公司的时间越来越长。如果不是出去喝酒，我也真的会待在公司里，并没有什么非做不可的事儿，有时候只是坐在我那个可以四面八方转动的椅子上死死地盯着笔记本，长久等待着收件箱中叮的一声弹出一封邮件，打破办公室那死一般的沉寂。

生活就是这样，每天如此，今天做完的事情，明天会再做一遍。只是有一次，当我整个人躺在转椅上盯着收件箱的时候，我突然想起郭培和我在一起的最后一夜，我们两个人在深夜做爱之后又说了会儿话。我模模糊糊地记得郭培跟我讲的一件事儿——她说有一天，她发现了一个好久没用的邮箱，想打开看看，可是怎么都想不起密码来了。她找出设置的密码提示问题，她问我，你猜是什么？一般遇到这种情况，我肯定不猜，反正我猜不出来，也不喜欢。记得郭培当时就躺在我的肚子上，沉默了半天才公布答案，她说，我提示问题写的是——爱情是什么？

郭培当时说，她最后也没想起那个问题的答案，那个邮箱也就再没打开过。

当我一个人在办公室想起这样一桩小事儿的时候，突然尴尬地笑了几声。笑声在办公室太唐突，一下子让人觉得有点儿凄凉。我突然有点儿后悔一件事儿：我们在一起的一年中，差不多见了几十次，我从没问过郭培到底喜欢我什么。也许她压根儿一点儿也不喜欢我，而现在这个人早已化成粉末了。

有时候不知道为什么，一个人预感到的事会真的发生。想起我和她在中山陵的一间小得不能再小的饭馆里，我要给她看掌纹，她一下子就把手收回去了。

在此之外，其实我已经很少再想起郭培了。偶尔会想起她的齐耳短发和碎花裙在风中飘动起来的样子，想起我把鸡蛋从中间掰成两半儿，喂了她蛋清……都是这些事儿。我知道，如果给我足够长的时间，我还能回忆起更多细节……但事实上，并没有那样的条件，何况我都没有一张她的照片。在中山陵的时候，我想用手机给她拍照，她非说没化妆，不想拍。其实见过郭培的人都知道，她无论在什么时候都不会化妆。

我有时也会想，如果这件事情发生在两个年轻人身上，就不是一件奇怪的事情，因为他们还有的是时间，有的是时间在地球上的随便一个地方骑骑自行车或者找个草地做爱。可是发生在我和郭培之间的这些呢？当时，郭培快三十了，我比她大不到十岁，两个人总是觉得马上就要老了，正处在生命唯一的顶峰。我当时真应该问问郭培，在她三十年不到的人生中，都经历了什么，以至于愿意和我一起往下滑。

7

郭培的葬礼我去了，到得早离开得早。就记得一个老得不行的老头儿，我猜可能是死者的父亲。我有一点儿恨自己，如果知道事情会变成这样，当时在中山陵她有那么一点冲动想给我讲她的童年和养鹦鹉的父亲的时候，我真应该去听一听。郭培在单亲家庭长大，她说她也不知道妈妈到底在哪儿。她告诉过我——如果她知道，她就会原谅她。葬礼上碰见了张琪，就记得她跟我挺神秘地来了一句——郭培男人挺多的。

从葬礼回来之后，我去公司冲了澡换了身新衣服，公司现在越来越像个家了。早晨起得太早了，连胡子都没刮。我用手蹭了蹭，有点儿扎人。洗过澡之后，对着镜子里一丝不挂、湿漉漉的自己，我才突然发现内心竟然难受得不行。特别难受的时候我最会的一招就是马上睡觉。在公司睡了一会儿之后，正好有个朋友的短信过来，说晚上六点到黄柯那儿。我正好想冲冲晦气，就说晚上见。

老朋友见面总是分外亲切，黄柯的菜谈不上多好吃可是下酒足够，林林总总十几个人，也有姑娘，互相就扯了一些远远近近的闲话，心情似乎也好了起来。跟着大家凑热闹把时事给点评了一遍，后来又支起牌桌开始搓麻将。一桌人五湖四海，麻将玩法根本统一不了。打了几圈没什么意思，主要是输赢也不大，有点儿让人提不起精神，很快我就回去了。

到家之后，老婆已经睡了，我一个人坐在电脑前面，四周一片漆黑，只有屏幕上的光反射在我的脸上。开机之后盯着看了挺久，也不知道要做点儿什么。

很多事情就是这样。如果一个人死了，另一个人闭口不谈，那这件事情就真的等于没发生吗？我做不到守口如瓶，这种事情有时候忍不住也会和别人讲，不讲，老觉得是锦衣夜行。或者是在酒后，或者是在昏黄的酒吧里，常去的那几家，抽上一根儿烟的时候，我会跟老土讲，并没有太多细节。

8

老土是我的合作伙伴，说合作伙伴比说朋友显得省事。我和老土一起在做一家文化公司，却总是避而不谈这件事，公司也不那么赚钱。如果我们都是因为钱的话，那可能早就分道扬镳了。另外一种解释是，我们从没赚过钱，也就至今都还没有分道扬镳，也还是朋友。老土真正的工作是在一家保险公司上班。我真正的工作呢就是没有工作。很多人觉得我是搞艺术的。我知道这么说不是太瞧得起我就是太瞧不起我，我只是所有人都理解的那种小角色……每当想到这儿的时候，我就更不知道郭培爱我什么了。

我和老土认识的年头不长，我喜欢他身上的那种好色和感伤情怀，或者说是我尊重那些东西。我没有那些东西，我有的都是装出来的。我都不敢说我一点儿没爱过郭培，可是在我认识老土的这三五年，我看不出他爱过什么人。

当我跟老土说有个朋友撞死了心里有点儿伤感的时候，他就猜出我和死者一准是那种关系了。他跟我说谁难过谁不是人……老土和我讲这些的时候，他正好坐在酒吧的一片灯光下，整个人被阴影整整齐齐地分成了两半。我觉得至少可以这么说，如果郭培有机会认识老土的话，她可能会爱上他而不是我。老土轻松、简单……极少有人能看到他挺伤感的那一面。我有时候甚至觉得郭培就是老土，她跟我在一起的时候总是笑，有时候找情人也就是为了这种简单和轻松，如果那天早晨我不去浴室抱她，又怎么会知道她哭了。

走神的时候，我和老土之间的谈话出现了短暂的沉默。接着他又重复了一句谁难过谁不是人啊。我回过劲儿来跟他说，那可把我看小了，也不是难过，内心有点儿触动，挺好一女的，一直搞不清自己和男人的关系就得摊上被撞死吗。这句话我没说出来，因为我要说出来，老土准得说，这人得运气多好，说死就死，谁也不牵挂。老土对人世的所有感情都表现在他的这种粗俗上。我们每年都一起去拉斯维加斯赌博，在赌场，他看到挺便宜的别人赊在那儿的名牌货，就老喜欢说“整几个”，然后就会被那些卖货的白几眼。他根本无所谓，好像如果别人能看低他、承认他的粗俗，那恐怕是他最愿意得到的一种结果。

老土也像我一样有个媳妇儿。怎么说呢，他媳妇儿是那种人，如果去裸体浴场的话，一定要自己弄个乳贴戴戴，是挺怕自己没人注意的那种角色。所以要是非从这个角度来讲的话，他们倒真是天生一对。老土对诗词书画的理解不比我年轻时候少，可他从不谈这些，他对生活的放任让我从内心里佩服，觉得人活得浑蛋一点儿比什么都强，感觉他这个人生，什么都不争取。如果为此问他，怕失去就不争取的人生是不是有点儿下流，老土保准会眯着眼睛回答，下流？什么叫下流？那你能告诉我什么叫上流吗？……幼稚。

附录：中山陵是中华民国国父、中国民主革命先行者孙中山先生的陵墓，1961 年成为首批全国重点文物保护单位，2007 年成为首批国家 5A 级景区。中山陵前临苍茫平川，后踞巍峨碧嶂，气象壮丽，音乐台、光化亭、流徽榭、仰止亭、藏经楼、行健亭、永丰社、中山书院等纪念性建筑，众星捧月般环绕在陵墓周围，构成中山陵景区的主要景观，且均为建筑名家之杰作，具有极高的艺术价值。各建筑在形体组合、色彩运用、材料表现和细部处理上均取得极好的效果，色调的和谐统一更增强了庄严的气氛。中山陵既有深刻的含意，又有宏伟的气势，被誉为“中国近代建筑史上第一陵”。

我跟郭培去那儿的时候是 2009 年的春夏之交。

图书在版编目（CIP）数据

谣言、谶语及其他 / 庄涤坤，于一爽主编．—北京：新星出版社，2013.3

ISBN 978-7-5133-1126-7

Ⅰ．①谣… Ⅱ．①庄… ②于… Ⅲ．①中国文学－当代文学－作品综合集 Ⅳ．①I217.1

中国版本图书馆CIP数据核字（2013）第050286号

谣言、谶语及其他

庄涤坤　于一爽　主编

策划编辑：高　磊
责任编辑：向小佳
责任印制：韦　舰
装帧设计：@broussaille 私制

出版发行：新星出版社
出 版 人：谢　刚
社　　址：北京市西城区车公庄大街丙3号楼　100044
网　　址：www.newstarpress.com
电　　话：010-88310888
传　　真：010-65270449
法律顾问：北京市大成律师事务所

读者服务：010-88310800　service@newstarpress.com
邮购地址：北京市西城区车公庄大街丙 3 号楼　100044

印　　刷：北京京都六环印刷厂
开　　本：910mm×1230mm　1/32
印　　张：6.5
字　　数：120千字
版　　次：2013年3月第一版　2013年3月第一次印刷
书　　号：ISBN 978-7-5133-1126-7
定　　价：30.00元